Wir bedanken uns für die finanzielle Unterstützung der Stadt Wien.

Stadt
Wien

Lektorat: Ferdinand Gumpold
Umschlag und Satz: Jürgen Schütz
Umschlagbild: ©i-stock
Druck und Bindung: Florjančič tisk d.o.o.
Printed in the EU

ISBN: 978-3-99120-046-8
www.septime-verlag.at
www.facebook.com/septimeverlag | www.twitter.com/septimeverlag

Florian Gantner

Eternal Partner

Roman

I

1

Das Logo von Eternal Partners, E und P, stellt zwei Personen dar, die sich gegenüberstehen. Anton Krohn klingelt und ist sich nicht ganz sicher, ob das Logo tatsächlich gelungen ist. Bei genauerem Hinsehen könnte der Eindruck entstehen, das E streckte dem P die Hände entgegen, das sich in Fluchtabsicht umgedreht hat. Der Summer ertönt, die Tür öffnet sich und Krohn betritt die Zentrale aus Glas, Stahl und Marmor.

Im Spiegel des Aufzugs kontrolliert er seine Erscheinung. Er hebt die Arme, nur ein wenig, er ist nicht allein. Schweißflecken in den Achseln. Weshalb zieht er an einem so heißen Tag auch ein dunkelblaues Hemd an?

Aber um ehrlich zu sein, hat sich Krohn bei Vorstellungsgesprächen schon heftigere Schnitzer erlaubt. Etwa bei dem Termin, den ihm sein Sachbearbeiter zuschanzte, nachdem er wieder einmal leise an der Echtheit von Krohns Ambitionen bei der Arbeitssuche gezweifelt hatte. Schnell war klar, dass die Firmenphilosophie der eigenen gründlich widersprach. Was er stillschweigend hätte akzeptieren können, wäre die Bezahlung angemessen gewesen. Und wäre da nicht dieser Schnösel gewesen, halb so alt wie Krohn, aber im Glauben, doppelt so viel von der Welt verstanden zu haben. Der Personaler hatte nach wenigen Sätzen Krohns die Notbremse gezogen und erklärt, dass das Interview von seiner Seite beendet sei.

Krohn atmet einmal tief durch und klopft. Die Personalerin von Eternal Partners winkt ihn herein, bevor er aber den Stuhl erreicht, bremst sie ihn mit erhobener Handfläche:

Kurz stehen bleiben und natürliche Haltung einnehmen, bitte.

Krohn glaubt zu fühlen, wie er von Sensoren abgetastet wird.

Danke.

Die Personalerin blickt auf den Stuhl, eine Aufforderung sich hinzusetzen, und konzentriert sich wieder auf den Monitor. Sie sitzt hinter einem Glasschreibtisch, in dessen Platte eine Tastatur eingelassen ist. Ihr dunkelbraunes Haar trägt sie zu einem Dutt hochgesteckt, ihre weiße Bluse ist makellos. Mit dem Zeigefinger streicht sie über das Display und Krohn hört ein Geräusch, das an das ratternde Rädchen einer Computermaus erinnern soll. Es holpert im schnellen Takt, offensichtlich überfliegt sie die Gewöhnlichkeiten in seinem Lebenslauf. Der Rhythmus wird langsamer, aus dem Rattern ein träges Klicken, sie ist bei der letzten Arbeitsstelle angelangt. Ein Moment beklemmender Stille: Das Klicken ist ins Lebenslaufloch gestürzt, auf ewig verloren. Krohn sieht an den wandernden Augäpfeln der Personalerin, wie sie die beschäftigungslosen Jahre zusammenrechnet. Dann, die unverhoffte Wiederkehr des Klickens: Der Lebenslauf wird geschlossen, der Zeigefinger eingefahren, um ungeteilte Aufmerksamkeit zu schenken. Augenkontakt und ein bemühtes Lächeln. Aus einer Schublade holt sie einen Schnellhefter hervor, die Mappe enthält ein Blatt Papier. Krohn erkennt sein Bewerbungsschreiben. Ausgedruckt. Die Firma Eternal Partners kommuniziert, dass sie zum einen jede einzelne Bewerbung ernst nimmt (ein Schnellhefter pro Bewerber) und zum anderen alte Usancen pflegt (Wie viele Unternehmen haben heute noch Drucker? Geschweige denn Schnellhefter?).

Sie sind also auf der Suche nach einer Herausforderung.

Anton Krohn ist auf der Suche nach einer Einkommensquelle, nickt aber.

Die Personalerin wendet sich wieder dem Bildschirm zu, tippt ihn an: Bis zuletzt waren Sie Assistent in der Datenerfassung.

Bis zuletzt ist gut. Schmeichelhaft. Weshalb also nicht einen Einblick in die Welt der Datenerfassung gewähren: Ich habe ein Verzeichnis so lange mit Daten gefüttert, bis der Computer eine unbestechliche Systematik erkannt hat. Wodurch ich nicht mehr benötigt wurde. Mit jeder Eingabe habe ich mich einen Schritt weiter ausgelöscht. Absurd, finden Sie nicht?

Die Mimik der Personalerin verrät wenig Verständnis für den hinter der Datenerfassung steckenden Wahnwitz – eher eine tief liegende Gleichgültigkeit gegenüber Krohns Vita. Doch da entdeckt sie etwas in seinem Bewerbungsschreiben: Hier steht, dass Ihre Frau für uns gearbeitet hat.

Krohn nickt.

Womit ich mir die Erläuterung unserer Leitlinien sparen kann, sagt sie und wendet sich erneut dem Monitor zu.

Ich weiß natürlich, was meine Frau so gemacht hat, man redet schließlich miteinander.

Das ist ein wenig ruppig geraten. Du bist im Vorstellungsgespräch, Krohn, wie wär's mit einer Prise von diesem altmodischen Charme, den du mal besessen hast, erinnerst du dich? Die Frau macht's einem aber auch nicht gerade leicht. Scheint jedoch nicht verärgert über Krohns

Antwort, im Gegenteil, sie fordert ihn auf, ein wenig von sich zu erzählen.

Krohn berichtet von seinem Studium, Sprachwissenschaft, das er erfolgreich abgeschlossen hat. Nur nicht erfolgreich genug, um in die Forschung zu gehen, und sonst sah es für einen Linguisten auf dem Arbeitsmarkt auch nicht allzu rosig aus: zwei Jahre als Essenszusteller beim Hilfswerk, Assistent für einen Rollstuhlfahrer, eine Zeit lang hat er gekellnert. Aber das stehe ohnehin alles im Lebenslauf. Letztlich hat er eben eine Anstellung bei der Datenerfassung gefunden, was zwar keine allzu große intellektuelle Herausforderung mit sich brachte, die unübersehbaren Vorteile waren aber nicht zu leugnen: flexible Zeiteinteilung, anständige Entlohnung. Und dann sagt Krohn etwas, das man normalerweise nicht in einem Vorstellungsgespräch sagt. Doch irgendwie ist er gerade in der Stimmung für Offenheit. Er erklärt, dass er sich auf den Vorteilen vielleicht ein wenig ausgeruht habe, denn jetzt stehe er da mit einer Ausbildung, die ihm nichts bringe, und jahrelanger Berufserfahrung in einem Feld, das abgemäht sei.

Könnten Sie den letzten Satz noch einmal wiederholen, im gleichen Wortlaut, und achten Sie auf die Intonation.

Jetzt stehe ich da mit einer Ausbildung, die mir nichts bringt, und jahrelanger Berufserfahrung in einem Feld, das abgemäht ist.

Die Personalerin nickt zufrieden und tippt auf den Monitor: Ich denke, Sie werden bald von uns hören. Die demografischen Fakten sind nun einmal so, dass an Männern in Ihrem Alter am meisten Bedarf besteht.

Krohn hat seine Probleme damit, sich geschmeichelt zu

fühlen. In einem bestimmten Lebensalter zu sein, will ihm nicht recht als Verdienst erscheinen.

Er beobachtet, wie ein Fingertipp der Personalerin einen Metallarm aus einer Wandvertiefung fahren lässt, an dessen Ende sich eine schwarze Scheibe befindet. Sie richtet die Scheibe aus, bis sie sich in Höhe von Krohns Gesicht befindet.

Und jetzt schauen Sie bitte noch hier hinein … Sie erhebt sich, streckt ihm die Hand entgegen. Damit wären wir für heute fertig. Und verabschiedet sich mit einem kräftigen Händedruck.

2

Der vertraute Geruch, sobald er die Tür geöffnet hat. Und wenn sich in den letzten Wochen neue Nuancen daruntergemischt haben, es ist immer noch ihr privater Geruch. So riecht die Wohnung der Krohns.

Als Krohn sich beim Schuhausziehen an der Kommode festhalten will, fährt er erschrocken zurück. Seine Hand hat etwas Kaltes gestreift, das einer glänzenden Kröte gleicht. Krohn wischt die Hand flüchtig an der Hose ab, während er den Gegenstand genauer betrachtet: ein mit silbrig schimmernden Beulen übersäter Steinklumpen. Bruchstück aus einer anderen Welt, den Martha in die Wohnung gebracht hat. Ein weiterer Heilstein, vermutet Krohn. Er schlüpft, ohne sich festzuhalten, aus den Schuhen und geht ins Wohnzimmer.

Martha sitzt vor dem Fernseher. Der Ton ist so leise, dass Krohn kaum etwas versteht. Er hört schlechter als sie, hat sie ihm des Öfteren versichert.

Wie ist die neue Zentrale?, fragt Martha.

Du glaubst, du bist in einem gläsernen Raumschiff. Futuristisch, hell, die Leute sehen alle gleich aus.

Der Vergleich mit dem Raumschiff kommt Krohn abgedroschen vor. Fehlt es an sprachlicher Finesse oder Fantasie, wird jedes Glasbauwerk zum Raumschiff, auf die Schnelle will ihm aber keine bessere Entsprechung einfallen. Nur die Wirkung, die das Gebäude erzeugt, scheint ihm mit einem

Mal eindeutig. Die Zentrale von Eternal Partners erweckt den Eindruck, man befände sich im Himmel, genauer: in einem Spielfilm-Himmel, voll blendender Helligkeit und Menschen, die mit selbstvergessenem Lächeln durchs Bild laufen. Martha erzählt er nichts von seinen Gedanken, sagt stattdessen, dass er in die Datenbank aufgenommen wurde.

Sie melden sich.

Martha macht Anstalten aufzustehen.

Brauchst du was? Bleib sitzen.

Er bringt ihr ein Glas Wasser und geht ans Fenster, um frische Luft hereinzulassen. Über die Straße unten huscht eine Frau, obwohl gerade kein Auto zu sehen ist. Sie hastet auf dem Gehsteig weiter – warum hat sie es so eilig? Sie trägt nichts bei sich, liefert also nichts. Durch ein Fenster im Haus gegenüber sind die Vorgänge auf einem großen Flatscreen zu erkennen. Eine Person läuft durch Gänge, immer wieder schälen sich Gestalten aus dunklen Nischen, ob Mensch oder Untoter ist nicht auszumachen, sie sinken aber stets kurz nach ihrem Erscheinen in sich zusammen. Diese Videospiel-Hölle dort scheint der Zentrale von Eternal Partners gar nicht so unähnlich.

Krohn geht zum Sofa und setzt sich neben Martha.

Auch wenn du immer noch skeptisch bist, ich denke, es könnte dir dort gefallen, sagt sie.

Krohn ist froh, dass sie ihm seine Inkonsequenz nicht vorhält. Was soll das für eine Arbeit sein, hat er zuerst sich selbst, und als er seine Meinung nicht länger verbergen konnte, auch sie gefragt: Was soll das für eine Arbeit sein – vorgeben, jemand anderer zu sein.

Aber Martha berichtigte ihn:

Ich gebe ja nicht vor, die tote Ehefrau zu sein. Mein

Klient ist sich durchaus bewusst, dass seine Frau gestorben ist. Alles, was ich tue, ist, ihm schöne Augenblicke zu bescheren, indem ich mich zweimal die Woche in die Küche stelle, ein bisschen im Topf rühre und ihm sein Lieblingsessen serviere. Ich lasse für kurze Zeit eine erfreuliche Szene wiederauferstehen.

Die Fakten haben Krohn schließlich überzeugt. Als Dienstleister für Eternal Partners kann er einer Witwe helfen, liebgewonnenen Gewohnheiten weiterhin nachzugehen. Ein harmloser Job, leichtverdientes Geld. Und gutes Geld – Nachmittagskaffee dreimal die Woche decken die Miete. Er hat es durchgerechnet.

Stella hat angerufen, sagt Martha. Die kleinen Zufälle. Am Morgen merkte Krohn noch an, dass ihre Tochter sich auch mal wieder melden könnte.

Sie hat einen großen Auftrag an Land gezogen. Eine Hochzeit, bei der ein Hund eine Rolle spielen soll.

Krohn versucht sich vorzustellen, welche Rolle ein Hund bei einer Hochzeit spielen kann. Er sieht einen Pudel mit Schleppe. Einen Chihuahua im Röckchen, Blumenkorb im Maul.

Im Fernsehen läuft eine Serie, die Krohn unbekannt ist. Er nimmt die Fernbedienung und stellt lauter. Da kommt die Werbeunterbrechung. Krohn stöhnt genervt, auf dem Bildschirm ist ein junges, gut aussehendes Pärchen zu sehen, das auf einem Sofa sitzt und fernsieht. Der Mann spricht in die Kamera, die neben ihm sitzende Frau scheint ihn nicht zu hören und folgt weiter den Geschehnissen auf dem Bildschirm.

Alles lief bestens, wir waren glücklich, sagt der Mann. Aber das Leben bietet so viele Überraschungen, da stimmen Sie mir sicher zu (er schmunzelt uns an und wir fressen ihm aus der Hand). Die Firma hat mich mit ein paar Kollegen ins Ausland geschickt, abends wurde einiges getrunken und na ja, über die Stränge geschlagen, wie man so schön sagt.

Neben das Sofa tritt ein Mann in cyanfarbener Uniform und hockt sich neben die Frau. Er erklärt ihr etwas, seine Gesten sind langsam, wirken beruhigend. Die Frau wirkt zunächst betroffen, nickt dann aber, erst zögerlich, gleich darauf aber kräftiger.

Ich hätte nie den Mut gefunden, meiner Frau von der Geschlechtskrankheit zu erzählen. Aber die Hiobs-Boten teilten meine Last.

Die Frau nimmt voller Mitgefühl die Hand ihres Mannes und legt den Kopf auf seine Schulter. Der Mann lächelt zufrieden und nun steht der Bote auf und wendet sich an die Zuseher, mit dem Slogan der Hiobs-Boten, ein Spiel mit den Verben *teilen* und *mitteilen*, das Krohn nur halb geglückt findet: *Wir teilen Ihre Last – und Unsagbares mit.*

Mit dem macht die Frau ganz schön was mit, sagt Krohn. Hat er im letzten Spot nicht eine Kollegin geschwängert?

Die Praktikantin war's, glaub ich. Aber ist halt ein toller Hecht, wer kann da lange böse sein?, sagt Martha.

Findest du? Mir ist er ein wenig zu glatt.

Zu wenig Kanten für dich, klar. Aber ich finde sie schon reizvoll, diese aalige Glätte, grinst Martha.

Dann ist mir rätselhaft, wie ich bei dir landen konnte, sagt Krohn (doch wenn er ehrlich ist – der wildeste Kerl auf dem Planeten war er auch wieder nicht: zwei, drei koksbefeuerte Nächte und eine Autostopp-Tour durch den Balkan können als CV-Glanzlichter gelten).

Martha legt den Kopf auf seine Schulter, wie in der Werbung. Er dreht die Lautstärke wieder leiser und sie sehen sich die weiteren Werbeeinschaltungen kommentarlos an. Irgendwann sagt Martha: Keine Sorge, bin nicht eingeschlafen.

Krohn legt die Hand auf ihr Knie. Die Serie läuft weiter. Zwei Schauspieler stehen sich gegenüber, der eine sagt etwas zu seinem Kollegen, Krohn versteht kein Wort.

3

Sie stehen vor den Pyramiden. Krohn führt die Flasche an den Mund und trinkt, wobei ihm die Blicke des Pärchens bei den Bodenwellen nicht entgehen. Er verkneift sich, ihnen zuzuprosten, stellt das Bier ins Gras und postiert sich. Ralf spielt den Kommentator: Schon verlässt der Ball seinen Ruhepunkt und rollt an den ersten beiden Pyramiden vorbei, überquert problemlos die rote Linie, streift das dritte Hindernis idealtypisch, um das festgelegte Ziel zu erreichen. Bravo!

Er pfeift anerkennend, während Krohn die Faust ballt und zu den beiden auf Bahn 2 hinübergrinst. Bier und Miniaturgolf sind kompatibel, der Beweis ein weiteres Mal erbracht.

Ralf und Krohn ziehen weiter zu Bahn 4, im Fachjargon Mittelkreis. Eine der Bahnen, die Krohn weniger liegt. Wenn man nicht mit dem ersten Schlag einloch und der Ball über den Hügel rollt, kann es böse enden. Ralf zeigt keine Ehrfurcht vor dem Mittelkreis, er plappert unbekümmert weiter: Dank Automatisierung ist die Arbeit sowieso überflüssig geworden, im Grunde existiert sie nur noch zum Selbstzweck. Die Leute müssen beschäftigt werden, um nicht auf blöde Gedanken zu kommen. Bloß wie, wenn die Notwendigkeit fehlt. Vielleicht sollten wir's wie die alten Ägypter machen. Er zeigt mit dem Schläger zur vorherigen Bahn: Pyramiden bauen. Die Pharaonen hatten damit ein perfektes Beschäftigungsprogramm. Sind die Leute beschäftigt, fehlt ihnen Zeit und Energie zum Aufmucken. Aber was wäre eine zeitgemäße Entsprechung für derartige Monumentalbauten?

Die Anhäufung an Dienstleistungen, denkt Krohn. Ein Berg an Dienstleistern, und alle erledigen sie Jobs, die bis vor ein paar Jahren als solche nicht existierten. Man hat den Nachbarn das Kind von der Schule abgeholt oder ist für sie einkaufen gegangen. Alles unter den Schlagworten Gute Nachbarschaft oder Freundschaftsdienst. Nur noch eine Frage der Zeit, bis alles davon bei Strafe verboten ist. Aber besser nichts sagen, bei Ralf verhält es sich genauso. Auch er gehört zu jenen, für die eine Arbeit konstruiert wurde. Als *Die wandelnde Zeitschrift* besucht er von Montag bis Freitag die Pflegeheime, um sehschwachen alten Menschen aus der Tageszeitung vorzulesen. Vor nicht allzu langer Zeit sind Menschen freiwillig ins Altersheim, um dort zu lesen. Aber wehe, jemand kommt auf die Idee, das aus freien Stücken zu tun, gleich ist die Rede von weggenommenen Arbeitsplätzen.

Ralf schlägt den Ball, der geradewegs ins Loch rollt. Sie sind heute in Form, könnte ein beachtliches Ergebnis werden.

Ich find's in Ordnung, dass du dich bei Eternal Partners beworben hast, sagt Ralf. Du gibst jemandem etwas, wenn's auch nur ein gutes Gefühl ist. Die Arbeit ist nicht sinnlos. Das ist doch das Wichtigste, oder?

Als wäre mein letzter Job sinnstiftend gewesen, kontert Krohn. Ich war Datensammler und nicht Notfallarzt. Wenn ich im Bürosessel kurz die Augen zumachte, musste nicht gleich jemand verbluten. Ob der Job sinnvoll ist, ist mir völlig egal. Ich gehe da rein, um mit möglichst viel Geld wieder rauszukommen.

Ralf lacht: Na, wenn du das so nüchtern siehst, bist du bei Eternal Partners gut aufgehoben. Einsame alte Damen mit viel Geld – davon gibt's ein paar.

Krohn schlägt den Ball. Während er über den Faserzement am Loch vorbei- und den Hügel wieder hinabrollt, sagt Ralf: Ist dir mal aufgefallen, dass Menschen, die für die Gesellschaft Nützliches tun, meistens schlecht verdienen?

Krohn legt den Ball ein weiteres Mal auf das Abschlagfeld und stellt eine imaginäre Liste nützlicher Berufe zusammen.

Der Ball landet im Loch. Krohn fischt ihn heraus und wiegt ihn in seiner Hand: Da hast du wohl recht, man sieht Sozialarbeiter selten im SUV zur Arbeit fahren. Oder eine Pflegerin ihre 18-karätige Breitling abnehmen, bevor sie ins Badewasser greift.

Ihr blockiert die Bahn, hört Krohn jemanden neben sich knurren. Sie machen Platz für das Pärchen und setzen sich auf die Bank im Schatten. Bekommen sie es mit Minigolf-Kriegern zu tun, die mit ihrem Putter und Balltasche Loch um Loch erobern, räumen sie kampflos das Feld. Sie trinken Bier und sehen den beiden zu, wie sie den Mittelkreis bezwingen und das Hochplateau einnehmen. Ralf berichtet, was sich in der Welt zuträgt. In den Privatpflegeheimen, die er vormittags besucht, liest er bevorzugt aus dem Wirtschafts- und Politikteil, während er in den städtischen Heimen am Nachmittag Gesellschaft und Innenpolitik abdeckt. Den Sport nur im Fall eines Sieges seiner Mannschaft – und dann leistet er sogar Überstunden, indem er einen minutiösen Matchbericht liefert. Am Ende seines Arbeitstages hat Ralf zwei bis drei Zeitungen durchgelesen.

Krohn hat manchmal das Gefühl, sein Freund möchte ihm beweisen, dass er das Vorgetragene auch behält. Aber er will sich nicht beschweren. Seit Wochen hat er keine Zeitung mehr in die Hand genommen. Wenn er wissen will, was international passiert oder auch nur, wie das Wetter wird, hört er sich bei einer Runde Minigolf an, was *Die wandelnde Zeitschrift* zu berichten hat: Die Feier zum Antritt des neuen russischen Präsidenten, laut dortiger Staatsmedien ein voller Erfolg. Nie dagewesene Menschenmassen, eine Militärparade, für die selbst die Boulevards von Moskau zu eng wirkten. In seiner Rede hat er die *Freunde* in Finnland hervorgehoben, man darf gespannt sein, wie sich das weiterentwickelt.

Unsere beiden Krieger sind schon am achten Loch, wirft Krohn ein, steht auf und geht zur fünften Bahn. Die Sonne steht tief, aber es ist immer noch drückend heiß.

Und wann kommt der Regen?, fragt Krohn. *Die wandelnde Zeitschrift* hat diesbezüglich keine guten Nachrichten parat.

4

Mit aller Kraft versucht er, einen riesigen Steinklotz zu bewegen. Neben ihm andere, die ebenfalls schieben. Und tatsächlich bewegt sich der Stein Zentimeter für Zentimeter einen leicht ansteigenden Hang hinauf. Da hört er eine Stimme, sie schreit, dass sie aufhören sollen. Krohn tritt zurück. Eine Rampe wird weggeschoben und er sieht ihn, den riesigen Turm, den er und all die anderen aus Steinen, die mit rötlich glänzenden Blasen überzogen sind, gebaut haben. Sie fallen sich um den Hals, jubeln. Doch auf einmal beginnt Krohn zu zweifeln, ob es sich um Steine handelt. Die Oberfläche pulsiert, als würde es darunter brodeln, der Turm wirkt auf einmal lebendig. Jemand flüstert Krohn ins Ohr: Wofür ist der Turm eigentlich gedacht? Da befällt ihn Ratlosigkeit, weil er keinen Nutzen in dem gigantischen Gebilde erkennt. Unschlüssig stehen alle herum, wissen nicht, was sie tun sollen. Bis ein schrilles Signal ertönt. Zeit für den nächsten Turm? Das Signal wird immer drängender, während das kürzlich fertiggestellte Gebilde in sich einsinkt und beginnt, als rotbrauner, amorpher Haufen auf ihn zuzukriechen. Das Signal ruft weiter zur Arbeit, aber wo soll er hin? Er will nur weg von dieser Masse, die immer näher kommt – aber verschwunden ist, als Krohn die Augen öffnet. Er greift nach dem Wecker und stellt ihn ab. Erleichtert stellt er fest, dass Martha nicht wach geworden ist.

Jeden Morgen, den er sich aus dem Bett quält, fragt er

sich, weshalb er sich von einem Wecker hochscheuchen lässt. Sobald er aber unter der Dusche steht, erinnert er sich an den Grund. Der Wecker läutet, seit Krohn die in den Alltag schleichende Bequemlichkeit kennenlernte. In den ersten Monaten der Arbeitslosigkeit war sie wie ein Hefeteig in ihm aufgegangen. Eine dumpfe Trägheit hatte ihn schließlich tagelang ans Bett gefesselt. Das dauerte so lange, bis er den Wecker wieder eine Ordnung einläuten ließ. Krohn ist weder versierter Bügler noch begeisterter Regalabwischer, er machte es einfach und fand eine stärkende Erkenntnis darin. Die Gewissheit, beschäftigt zu sein. Und indem er zeitig aufstand, konnte er sich selbst bestätigen, kein Müßiggänger zu sein.

Krohn setzt Kaffee auf, als er zu frühstücken beginnt, ist es kurz nach sieben Uhr. Ein noch sehr junger Tag. Vor einiger Zeit hat Krohn die alte Comic-Sammlung aus dem Kellerabteil geholt und durch Ausgaben des *Roten Korsaren* und *Storm* geblättert. Und dann – erst zaghaft, schließlich hatte er seit zig Jahren nichts dergleichen gemacht – begonnen, selbst zu zeichnen. Jeden Vormittag bearbeitete er seither genau ein Blatt. Wie lange das schon geht, beweisen die randvoll gefüllte Küchentischschublade und der Stapel im untersten Schrankfach. Oft zeichnet er Bilder aus Träumen, die er in der Nacht zuvor hatte. Würde man die Zeichnungen durchblättern, fände sich eine nicht unbeträchtliche Anzahl an Steinklötzen und Türmen.

Krohn schraffiert mit der 0.5-Mine, als er lautes Lachen aus dem Schlafzimmer hört.

Martha liegt im Bett, im Schoß ein Buch, im Gesicht ein breites Grinsen.

Guten Morgen. Was liest du?

Sie zeigt ihm den Umschlag. Ein Buch von Edward Gorey, Krohn hat es vor Ewigkeiten gekauft.

Das ist so großartig, sagt Martha, blättert um und kichert in sich hinein.

Ja, Gorey ist großartig, denkt Krohn. Witzig. Allerdings nicht unbedingt zum Totlachen.

Wie geht's dir?

Bestens, antwortet Martha, ohne hochzublicken.

Die letzte Therapiephase ist vor zwei Monaten erfolgreich zu Ende gegangen. Sie ist immer wieder einmal geschwächt, verbringt mehr Zeit als früher im Bett. Krohn versteht das. Er versteht auch, dass sie nach der überwundenen monatelangen Tortur neue Lebenslust spürt. Es gibt einen triftigen Grund, gute Laune zu haben.

Krohn nähert sich, schaut ins Buch: Kann ich dir was bringen?

Meinst du, Frühstück ans Bett?

Sie wirft das Buch zur Seite und steht auf – langsam, aber ohne Mühe: Ich hab noch keinen Hunger, ich mach mir einen Tee.

Sie streicht Krohn über den Oberarm und geht an ihm vorbei in Richtung Wohnküche. Er nimmt einen leichten Geruch an ihr wahr, der keine Erinnerung weckt.

5

Wie ich gesagt habe, Herr Krohn, wir sehen uns bald wieder, begrüßt ihn die Personalerin. Wirklich scheint keine Zeit vergangen, der Dutt ist der gleiche, die Bluse nach wie vor blendend weiß, das Lächeln keine Spur überzeugender.

Aber dass es so schnell geht, ist keineswegs üblich. Wir haben eine Übereinstimmung von sechsundsiebzig Prozent, ab siebzig sprechen wir von Vermittelbarkeit.

Der Vorteil der Allerweltserscheinung, sagt Krohn. Mit meinem Auftreten wäre ich als Undercover-Agent geeignet, beim Arbeitsamt konnten sie mir bloß nicht sagen, wo ich mich bewerben soll.

Krohn empfängt ein Höflichkeitslächeln, die Zeit für Belanglosigkeiten ist abgelaufen. Auf dem Tisch vor der Personalerin liegt ein Blatt mit Zahlen.

Ich lese kurz vor, wie Sie abgeschnitten haben. Äußeres: Statur neunzig Prozent, Haltung sechsundsiebzig Prozent, Gesicht achtundsiebzig. Ausdruck: Wortschatz neunundsiebzig Prozent, Grammatik zweiundachtzig, Intonation zweiundsiebzig, Redegeschwindigkeit und Lautstärke neunundsechzig, Gestik siebenundsechzig Prozent. Naturgemäß ist es so, dass wir nicht nach einem Imitat des Verstorbenen suchen, zu große Ähnlichkeit wirkt verstörend auf das persönliche Umfeld. Aber eine gewisse Ähnlichkeit sollte vorhanden sein, schließlich geht es darum, dass Sie nicht als Fremdkörper wahrgenommen werden und man Ihnen Zuneigung entgegenbringen kann.

Die Personalerin tippt auf zwei Zahlen, die eingekreist sind: Interessant scheint mir, welche Aspekte unserer Klientin am wichtigsten waren. Ihr Fokus liegt einerseits im äußeren Erscheinungsbild, andererseits aber auch in der Sprachmodulation. Frau Wilfing will also durchaus Ähnlichkeit.

Witwe Wilfing wünscht sich einen Klon fürs Kaffeekränzchen, denkt Krohn. Sie möchte sich mit mir über Charity-Abende unterhalten, die sie sicher noch besucht. Was machen reiche Witwen sonst? Meinetwegen, solange sich ihre karitative Ader auf mein Gehalt auswirkt.

Ihre Klientin heißt Ingrid Wilfing, erklärt die Personalerin. Ihr Mann Arno ist vor mittlerweile fünf Monaten überraschend verstorben. Nur damit Sie ein grobes Bild davon haben, mit wem Sie es zu tun haben: Arno Wilfing war bis zu seinem Tod im vierundsechzigsten Lebensjahr CEO der SemTec Industrieholding. SemTec produziert Zellstoff und Verpackungsmaterialien. Durch die Entwicklung eines revolutionären Verpackungsstoffes wurde die Firma – unter der Ägide von Arno Wilfing – zum Marktführer.

Die Personalerin lässt die Informationen einen Moment sacken, bevor sie fortfährt: Der Kennenlerntermin ist für morgen vereinbart, zehn Uhr im Haus der Wilfings. Die weiteren Modalitäten werden Sie direkt von Frau Wilfing erfahren.

An der Innenseite der Wohnungstür klebt ein Zettel mit Marthas heutiger Affirmation: *Es ist gut, ich selbst zu sein.*

Gut, das kann Krohn verstehen. Im Gegensatz zum

gestrigen Leitsatz, da war die Aufforderung, frühere Begrenzungen hinter sich zu lassen und in die Freiheit des Jetzt zu tauchen. Das wirkte weniger bejahend als irritierend auf Krohn. Welche Begrenzungen? Und was kann man sich unter der Freiheit des Jetzt vorstellen? Im Vergleich scheint der heutige Spruch klar wie das Wasser in einem energetisierten Bergkristallbecken.

Krohn verstaut die Einkäufe in der Küche, wo sein Blick den Wasserfleck an der Decke streift. Der Fleck ist sozusagen über Nacht aufgetaucht, am Morgen nach ihrem Einzug hatten sie ihn entdeckt. Das war vor fünf Jahren, nachdem Stella ausgezogen war und sie sich nach einer kleineren Wohnung umgesehen hatten. Krohn hatte den Vermieter kontaktiert, der nur sagte, er habe an eben der Stelle erst kürzlich einen Fleck mit Isolierspray und Farbe erfolgreich entfernt, da helfe wohl nur häufiges Lüften, weiter könne er nichts machen.

Krohn ist kein Handwerker. Er hat sich im Internet über mögliche Maßnahmen informiert, blieb letztlich aber tatenlos. Beziehungsweise ging er dazu über, die Entwicklung der Konturen zu verfolgen. Aktuell erinnert der Umriss an die arabische Halbinsel. Krohn kann mit dem Fleck leben, für ihn gehört er zur Wohnung, hat sich mit ihnen eingelebt. Martha scheint ihn währenddessen nicht wahrnehmen zu wollen.

Ich habe dir Vanillepudding gekauft, sagt er zu ihr, als sie aus dem Schlafzimmer kommt. Und ein paar Birnen, die sahen dermaßen perfekt aus, sieh mal. Er hält ihr eine vors Gesicht.

Du wirkst ja richtig beflügelt, sagt seine Frau.

Ich übe schon für den Job. Morgen geht's los.

Martha sieht ihm in die Augen: Ich freu mich für dich. Weißt du denn schon Genaueres?

CEO einer Firma für Verpackungsmaterial.

Und weißt du, was du bei der Frau machen sollst?

Krohn verneint.

Wie heißt der verstorbene Mann?

Arno Wilfing.

Wenn du willst, können wir etwas üben. Ich kann Arno als neuen Kosenamen verwenden, was meinst du?

Krohn lacht. Na, ich hoffe, die Witwe ist nicht so durchgedreht, dass sie nach einem Vollzeitersatz für ihren Mann sucht. Ich würde sie auch enttäuschen, bin ja nur sechsundsiebzig Prozent Arno.

Sie will sicher nur reden. Da genügen sechsundsiebzig Prozent. Wenn man lange zusammen ist und dann ist man plötzlich allein, viele können damit nur schwer umgehen. Bei meinen Kunden war's zumindest so. Tee oder Kaffee trinken und Erinnerungen teilen. Du wirst dir einfach nur viel anhören müssen.

Das dürfte kein Problem sein. Ich frage mich nur, wo ich inzwischen meine hundert Prozent Anton ablege.

Martha lacht: Die kannst du daheimlassen.

Krohn lächelt und senkt den Blick. Hundert Prozent Anton, er wird versuchen, nicht den deprimierten Anton Krohn zu Hause zu lassen. Es ist an der Zeit, sein frustriertes Ich einzumotten, die Arbeitswelt hat ihn wieder. Krohn greift zur Post, die auf dem Tisch liegt. Ein Brief von der Bank, den er fürs Erste zur Seite legt. Dann ist da noch ein Flugzettel: ein High-Self-Love-Mentor bietet seine Dienste an.

Brauch ich nicht, denkt Krohn: *Es ist gut, ich selbst zu sein*, die heutige Affirmation genügt mir.

6

Nicht schon wieder. Krohn sieht, wie jemand über sein Fahrrad gebeugt daran herumhantiert. Hey, schreit er dem Mann zu, während er mit gestikulierender Hand über die Straße eilt: Nein, lassen Sie das!

Der Mann fühlt sich nicht angesprochen, macht ungehindert weiter. Lassen Sie mein Fahrrad in Ruhe, das gehört mir! Erst als er neben ihm angekommen ist, tritt der Mann zurück und plappert los:

Die Bremsen nachgezogen, hatten die bitter nötig, in den Reifen war zu wenig Luft, dann habe ich den Rahmen poliert, aber das gehört zum Service, wären 20. Weil Sie's sind.

Nein, nein, winkt Krohn ab, tut mir leid. Er löst das Rad vom Ständer. Hab ich nicht bestellt.

Dann machen wir 15. Weil Sie's sind.

Krohn fährt los, hinter sich hört er, wie der Reparatur-Freelancer ihm, weil er es ist, ein letztes Angebot nachruft.

Krohn kontrolliert die Anzeige und drosselt die Motorunterstützung, damit nicht kurz vor dem Ziel der Akku ausgeht. Als er merkt, dass er geradewegs auf die Finkgasse zusteuert, nimmt er dennoch einen Umweg in Kauf. Er erträgt es nicht, dort vorbeizufahren, wo einmal die Schneiderei seiner Eltern lag. Früher, als eine Kaffeeküche darin war, fand er es noch tolerierbar. Allerdings wurde das kleine Café von einem Pfandleiher verdrängt – und das erinnert doch schmerzhaft an das gescheiterte Familienunternehmen.

Die letzten Meter, auf der Anzeige nur noch ein Balken; nach Hause kann er das Rad aber den Hügel hinabrollen lassen. Krohn stellt es vor einer Betonwand ab, die sagt: Hier kannst du nicht rein, hier willst du nicht rein. Aber er ist kein Einbrecher, er hat einen Termin. Er läutet an, vermeidet es, ins Kameraauge zurückzuglotzen, mustert stattdessen die Struktur des Betons. Ein Surren, die Metalltür schiebt zur Seite und gibt den Blick auf eine schmale Stiege frei. Eine einzige Glühbirne, immerhin in einer schicken Messing-Fassung, beleuchtet den Aufstieg. Oben angekommen ist es, als würde er aus einem Bunker ans Licht treten. Vor Krohns Füßen fügen sich runde und viereckige Betonplatten zu einem Weg, der von Kiesflächen und vereinzelten Grasflecken mit schmächtigen Bäumen darauf gesäumt ist. Man könnte an Zen-Gärten denken, wäre da nicht die Rigorosität der Betonwände, die das Ganze umschließen und Krohn die Frage aufdrängen, ob es so etwas wie Zen-Brutalismus gibt.

Er spürt den Impuls, sich dem Haus von Platte zu Platte springend zu nähern, wie beim Tempelhüpfen. Was würde die Frau, die ihn am Ende des Gartens mit verschränkten Armen erwartet, über ihn denken? Er hätte den ersten Eindruck wohl gründlich vermurkst.

Frau Wilfing begrüßt ihn mit dem Anflug eines Lächelns und fordert ihn auf, ihr zu folgen. Sie trägt die glatten grauen Haare schulterlang, unter dem Leinenanzug sind ihre schmalen Glieder zu erkennen.

Das Innere des Hauses stellt sich als überraschend wohnlich heraus. Die großen Fenster, das helle Holz der Wandschränke, Krohn tippt auf Eichenholz. Der offene Kamin. Die danebenstehende Bank zwar ein Block, dessen Design so zweckorientiert wirkt, als wartete man auf die nächste U-Bahn, einige Sitzkissen laden aber zum Verweilen ein. Die weinroten Vorhänge. Der hochflorige Teppich – all das ergibt einen reizvollen Kontrast zur Kälte des Betons. Ließe sich gut leben hier, muss Krohn zugeben. Frau Wilfing bleibt vor einem cognacfarbenen Ledersofa stehen (Krohn hatte einmal Schuhe in der gleichen Farbe) und deutet auf die Kleidungsstücke, die darauf ausgebreitet liegen: Das ist einer von Arnos Anzügen und ein dazu passendes Hemd. Würden Sie das bitte anziehen.

Statur neunzig Prozent, fällt Krohn ein. Dürfte passen.

Sie weist ihm den Weg ins Badezimmer, links den Flur entlang, die erste Tür zur Rechten. Ein Raum in der Größe von Krohns Wohnzimmer. Erst hier setzt die Verwirrung ein: den Anzug des toten Wilfing anziehen? Was soll das werden? Krohn betrachtet sich im Spiegel, schaltet die Beleuchtung ein, die jedes fehlplatzierte Haar und jedes Hautmal ausstellt. Das Hemd riecht leicht nach Lavendel. Der Anzug ist ein italienisches Fabrikat, Kaschmirwolle in Dunkelbraun, klassisch fallendes Revers. Krohn streicht beeindruckt über den Hosenstoff.

Frau Wilfing erwartet ihn vor dem Badezimmer. Sie kommentiert sein Erscheinungsbild nicht weiter, stattdessen die neuerliche Aufforderung, ihr zu folgen. Sie gehen den Flur entlang, rechts Regale aus Eichenholz, auf denen zwei gerahmte Fotografien mit Porträts junger Menschen stehen, vermutlich die Wilfing-Kinder. Links die Fenster, die in den Garten blicken lassen, einige Bäume, dahinter die graue Mauer. Von den Nachbarhäusern ist nichts auszumachen.

Sie betreten das hinterste Zimmer, in dem sich nichts

weiter als eine mit rotem Samt überzogene Chaiselongue befindet – und eine Voliere. Krohn fragt sich, ab welcher Größe ein Käfig zur Voliere wird, ist aber sicher, dass es sich hier um Zweiteres handelt. Sie beherbergt zwei Vögel, die durch eine Mittelwand voneinander getrennt sind. Der Vogel in der linken Hälfte hat nichts Außergewöhnliches an sich: gelb-rot, nicht besonders groß. Anders der Vogel in der rechten Hälfte. Dieser sieht aus wie ein Meerschweinchen, das sich als Vogel tarnt. Wurde der Vogel … frisiert?

Orfeo und Euridice, stellt Frau Wilfing vor. Die beiden vermissen Arno. Seit er nicht mehr bei uns ist, singt Orfeo nur noch selten.

Krohn nickt. Der singende Orpheus. Orpheus, der Eurydike aus dem Totenreich retten will, sich umdreht und sie wieder verliert. So weit, so gut. Aber was ist seine Rolle, welche Aufgabe soll ihm übertragen werden? Wie passen die Wilfings in den antiken Stoff? Krohn versucht sich zu erinnern, wie der Gott der Unterwelt und seine Frau hießen.

Sie sind vorrangig wegen der Vögel hier, Herr Krohn. Doch keine Sorge, ich bin keine verschrobene Alte, die ihr Leben den Haustieren opfert. Es soll auch um meine Bedürfnisse gehen. Arno und ich hatten eine liebgewonnene Tradition. Einmal wöchentlich säuberten wir gemeinsam den Käfig.

Die Voliere, korrigiert Krohn gedanklich.

Arno arbeitete Tag und Nacht, doch für die gemeinsame Reinigung fand er immer Zeit. Dieses Ritual möchte ich am Leben erhalten, für mich und für die Vögel. Zu bedenken ist, dass Kanaris zu Menschen nur schwer eine Beziehung aufbauen. Mein Plan lautet, dass Sie dreimal wöchentlich für eine Stunde in einem von Arnos Anzügen kommen und mit Orfeo und Euridice sprechen. Die Testergebnisse Ihrer Firma besagen ja, dass Sie Arno nicht nur äußerlich gleichen, sondern auch über ein ähnliches Stimmorgan verfügen. Auch wenn ich davon noch nicht viel hören konnte, versetzt Frau Wilfing.

Entschuldigung, normalerweise bin ich nicht so wortkarg. Aber man erhält nun mal selten den Auftrag, mit Vögeln zu konversieren. Ich denke, ich fühle mich ein wenig … befangen.

Ich erwarte nicht, dass die Vögel Ihnen Antwort geben. Sie sollen also nicht konversieren, viel eher monologisieren. Erzählen Sie Orfeo und Euridice etwas. Keine Sorge, ich werde nicht anwesend sein, künftig können Sie die Befangenheit ablegen. Die Vögel werden Ihrer Stimme lauschen und allmählich Vertrauen zu Ihnen gewinnen. Spätestens in einem Monat erwarte ich, dass Sie mir bei der Reinigung zur Hand gehen können.

Seit Arno fort ist, singt Orfeo nur noch selten, wiederholt Frau Wilfing. Ihr scheint aufzufallen, dass sie ihr eigenes Echo abgegeben hat. Mit gerunzelter Stirn verlässt sie das Zimmer. Sie geht Richtung Eingangstür, Krohn hat Mühe, Schritt zu halten. Vor der Tür dreht sie sich um: Ich werde Ihnen ein paar von Arnos Anzügen zukommen lassen. Diesen hier behalten Sie am besten gleich an. Sie können morgen zur selben Zeit beginnen.

Bevor Krohn auf das Fahrrad steigt, ist er geistesgegenwärtig genug, die Socke über das rechte Hosenbein zu stülpen. Er lässt das Fahrrad den Hügel hinabrollen. Jetzt nicht mehr nur wegen des Akkus, sondern aus einem verpflichtenden Stilbewusstsein. Im Maßanzug geht man nicht, man flaniert. Und sitzt der Anzugträger auf dem Fahrrad, braust er nicht etwa den Berg hinunter. Nein, er gleitet hinab. Gleitet sogar durch die Finkgasse – in seiner aktuellen Gemütsverfassung kann nicht einmal mehr der Blick auf einen Pfandleiher die Stimmung trüben. Ja, als Krohn vorbeifährt, ist ihm einen Moment, als würde er die alte Fassade der Schneiderei sehen.

Er stellt das Fahrrad ab und lustwandelt geradewegs in die Wohnung. Von seiner Frau erhält er die erwartete Begrüßung: Alle Achtung, sagt sie. Dein Einstand scheint erfolgreich gewesen zu sein.

7

Der Vulkan ruht in sich, während es aus Ralf ein weiteres Mal ausbricht: Vögeln Geschichten erzählen, sagt er und lacht los.

Krohn wartet, bis er fertig ist, und sagt achselzuckend: Wenn es das ist, was die Frau glücklich macht. Bei Kaffeekränzchen hätte ich mir stundenlang anhören müssen, was ihr Mann für ein toller Kerl gewesen sei.

Stimmt, sagt Ralf. Den Vögeln ist es wenigstens egal, was du von dir gibst.

Und ich werde denen bestimmt keine Geschichten erzählen. Vielleicht lerne ich eine Fremdsprache. Oder verbessere mein Englisch. Ich hab mir überlegt, ein paar Vokabelkärtchen einzustecken, dann kann ich mich selbst abprüfen.

Krohn schlägt den Ball, der den Vulkan hoch-, eine Runde um das Loch und dann wieder hinunterrollt. Ralf gluckst genüsslich, während Krohn den Schläger wie ein Sieb schüttelt, in dem sich zum tausendsten Mal kein Goldnugget gefunden hat.

Sprachen lernen und dabei Geld verdienen, klingt nicht schlecht, sagt Ralf.

Krohns Ball rollt ein weiteres Mal über die Bahn und findet endlich ins Ziel.

Aber pass auf, sagt Ralf, wenn sie dich dabei erwischt, schmeißt sie dich gleich wieder raus aus der trauten Villa. Du bist dort, um mit ihren Lieblingen zu reden, und Englisch wollen die bestimmt nicht hören.

Ach was, die verstehen doch ohnehin nichts.

Irgendwas Sinnvolles musst du schon tun, das geht sonst an die Substanz und du kriegst einen Nervenzusammenbruch vor den Vögeln. Oder du reißt ihnen den Kopf ab.

Ich könnte mich in einen anderen Bewusstseinszustand singsangen.

Sie sehen Markus, der mit steifem Gang und drei Flaschen Bier über die Anlage auf sie zukommt. Markus ist Pächter des Minigolfplatzes und weniger am Spiel als am Biertrinken interessiert. Und dafür ist ihm jeder Kunde recht.

Zwei Bier für euch, ruft er und hält Ralf und Krohn jeweils eine Flasche entgegen. Ralf lässt den Schläger ins Gras fallen, da er in der einen Hand schon eine Flasche hält: Perfektes Timing, bin eben fertig geworden.

Ich kenne die Trinkgeschwindigkeit meiner Gäste, am achten Loch geht bei Ralf und Anton der Treibstoff aus. Bierlieferung ist im Service inbegriffen, sagt Markus und hebt seine Flasche.

Krohn mustert die kleinen Risse am Abschlagfeld. Früher oder später sollte Markus die Bahnen ausbessern lassen, die Minigolf-Krieger wollen nur auf perfekten Plätzen spielen. Wenn er es übersieht, ziehen sie weiter zur Konkurrenz.

Sag, Markus, ergreift Ralf das Wort, wenn du den Auftrag erhältst, mit Vögeln zu reden – was würdest du ihnen erzählen?

Eine Strähne klebt an Markus' Stirn. Er zuckt mit den Achseln: Ich würde den Vögeln ein Bier spendieren, dann reden die von selbst.

Markus setzt die Flasche an und trinkt sie halb leer.

Ralf lässt nicht locker: Na, die können ja nicht reden.

Markus schüttelt den Kopf: Ihr seid vielleicht zwei Vögel.

Wir meinen das ernst, Markus. Anton hat eine Anstellung, bei der er mit Vögeln reden soll.

Markus blickt erst zu Anton und dann zu Ralf: Erzählt mir doch keine Märchen. Er nimmt einen großen Schluck und schlendert kopfschüttelnd in sein Häuschen.

Vielleicht hat Markus ja recht, sagt Ralf, du könntest ihnen Märchen erzählen.

8

Ach wie gut, dass niemand weiß, wie ich so mein Geld verdien … Moment, ich hab euch nämlich einen Reim mitgebracht: Ach wie gut, dass niemand weiß, ich hätt gern ein Erdbeereis … Ach wie hervorragend, was? … Ach wie … pffff. Ach wie gut, dass niemand weiß, dass ich vor zwei Vögeln stehe und keine Ahnung habe, was ich ihnen erzählen soll … Ach wie gar nicht so leicht. Ich hab den Vorsatz gehabt, immer den gleichen Satz zu sagen. Ach wie gut, ach wie gut … Das ist leider ziemlich schnell ziemlich eintönig. Aber ihr wollt mir auch nichts erzählen, nehme ich an. Konversieren, ja, ja. Viel zu berichten hättet ihr als Käfigvögel sowieso nicht. Dass ihr auf den Kanarischen Inseln in eine Vogelfalle geraten seid, ist zu bezweifeln, oder? Ihr Zuchtvögel habt vielleicht noch nicht einmal das Freie gesehen. Himmel? Das Blaue da oben? Bäume? Oder unten, das Grüne? Na? Nichts? Ach wie gut, dass niemand … Seid froh, dass ihr hier drinnen sitzt. Soviel ich mitbekommen habe, ist's für Vögel seit ein paar Jahren kein Zuckerschlecken mehr da draußen. Nur noch verkrüppelte Tauben sieht man, dann noch Krähen, aber in der Regel nur, wie sie aus Mülleimern heraustauchen. Den einen oder anderen Turmfalken soll's noch geben. Aber den wollt ihr sicher nicht treffen. Wäre ein kurzer Ausflug, schon auffällig unpraktisch eure Farben. Vor allem deine, happ, und weg wärst du. Und du? Ob du so gut fliegen kannst? Die Frisur wär jedenfalls zerstört. Da ist's sicherer im Käfig ... Verdammt, das waren jetzt noch nicht einmal fünf Minuten? Die Zeit vergeht jedenfalls nicht wie im Flug. Ach wie ungut ... Also, was machen wir? Unterm Strich werd ich wohl nicht drum herumkommen, euch etwas zu erzählen. Wünsche, Anregungen? Na gut, was war gestern zum Beispiel los? Gestern Nachmittag, da bin ich noch aufs Arbeitsamt gegangen. Hätte den Termin natürlich absagen können, jetzt hab ich ja eine Anstellung. Mir ist einfach nach Verabschiedung gewesen. Ich hab meinem Sachbearbeiter aber nicht gleich gesagt, dass ich eine Arbeit gefunden habe. Stattdessen hab ich ihm dabei zugesehen, wie er sich am Computer durch meine Arbeitssuche geklickt hat. Was mach ich bloß mit Ihnen, hat er mit gerunzelter Stirn vor sich hingemurmelt. Und dann hab ich an die alten Zeiten denken müssen. Da hat er mich nämlich noch überraschen können. Sie sind nicht allein, wir gehen da gemeinsam durch, hat er mal gesagt. Das hat mich in der Situation ordentlich überrascht, weil auf einen Schlag überhaupt keine Distanz mehr zwischen uns gewesen ist. Hat mich fast ein bisschen gerührt, damals. Ich hab mir dann vorgestellt, wie wir gemeinsam altern, ich und mein Sachbearbeiter. Der Beginn einer ewig währenden Männerfreundschaft: Lassen Sie doch das Herr Ragnar, sag Simon zu mir. Gemeinsames Parkbank-Sitzen hab ich mir ausgemalt, Passanten-Hinterherschauen. Freiluft-Schach. Vergleich geriatrischer Befunde. Ich bin da richtig nostalgisch geworden, hab mich meinem Sachbearbeiter gegenüber gewogen gefühlt. Gewogenheit, das ist eins dieser schönen, altmodischen, eigentlich schon ausgestorbenen Wörter, findet ihr nicht auch? Und während ich mich gestern so an diese Vorstellung ans gemeinsame Altern erinnere, fällt mein Blick auf die üppige Mähne von Herrn Ragnar und ich hab mir eingestehen müssen: Ich bin hier der Einzige, der in den gemeinsamen Jahren gealtert ist. Keine Spur von Solidarität seinerseits. Und wie er meine Bewerbungsliste durchgeht, sagt er also noch mal mehr zu sich als zu mir: Was mach ich mit Ihnen. Ganz schön weit entfernt vom Gemeinsam-da-durchgehen. Dabei hab ich durchaus Agile Mindset bewiesen. Das ist die Catchphrase, die der Ragnar aus so einer Fortbildung mitgebracht hat. Das Wichtigste sei ein Agile Mindset. Das heißt, sich offen und dynamisch zeigen, stets in der Lage sein, problemlos neue Fähigkeiten zu entwickeln. Agile Mindset ist sehr gefragt, müsst ihr wissen. Sicher kann ich Agile Mindset, keine Frage. Wenn du jahrelang an die Arbeitslosigkeit gezurrt durchs Leben gleitest, lernst du, dir so einiges vorzustellen. Ja, ich kann mir sogar vorstellen, ein Vogel zu sein. Ehrlich! Ich wäre aber offen gesagt eher ein Greifvogel. Würde meine Runden drehen und auf der Suche nach einer Chance herablinsen. So bin ich am Anfang auch durch die Arbeitslosigkeit geglitten, hab nichts unversucht gelassen, weil sich unter jedem Stein eine Gelegenheit verbergen könnte. Mit der Zeit wird man eben kurzsichtig. Dann siehst du nur noch eine Wüste aus Geröll. Und da kreist du, myopisch in die Nutzlosigkeit. Das war das Schlimmste, diese Apathie. Weil allmählich die Strukturen verschwinden, und mit ihnen die Sicherheiten. Irgendwann hab ich gedacht: Du kannst nichts, du bist nichts … Aber jetzt ist ja alles anders, nicht wahr? Ich bringe sechsundsiebzig Prozent Arno Wilfing mit, habe eine Struktur. Ihr gebt mir eine Struktur. Und wer sagt's denn, ein bisschen aus dem Leben erzählt, schon ist eine Viertelstunde geschafft.

Habt ihr schon Fragen? Na gut, also wo sind wir stehen geblieben? Genau, der Sachbearbeiter mit seinem Agile Mindset. Ist ja gut und schön, aber ich bin Mitte fünfzig. Wisst ihr, in dem Alter hilft alle Offenheit und Dynamik nichts, Fakt ist, dass ich für den Arbeitsmarkt zu alt bin. Nun könnte ich anfangen, die Jahre runterzuzählen, bis mir ein regelmäßig ausbezahlter Betrag zusteht. Aber bei meiner Vergangenheit sieht's diesbezüglich auch düster aus, so viele Jahre sind nicht zusammengekommen. Ich muss also meinem Herrn Ragnar bei jedem Treffen meine Bereitschaft zusichern, ernsthaft auf der Suche zu sein. Dabei werde ich immer besser in meiner Ich-bemühe-mich-wirklich-Darbietung, sie wird allmählich zum eigentlichen Beruf. Ehrlich gesagt habe ich mich manchmal gefragt, wann sie mich beim Arbeitsamt endlich als Trainer anstellen, damit ich in Fortbildungsmaßnahmen meinen Keiner-will-mich-beschäftigen-Blick lehren kann. Jedenfalls, das wollte ich ja eigentlich erzählen, habe ich Herrn Ragnar, bevor er sich in die Liste für kommende Fortbildungsmaßnahmen vertiefen hat können, erklärt, dass ich eine Anstellung bei Eternal Partners habe. Dass meine Aufgabe darin besteht, mit Vögeln zu reden, habe ich allerdings nicht erwähnt, nichts für ungut. Herr Ragnar war überrascht, im Positiven. Ich hab mich ja eine ganze Weile dagegen gesträubt, und dann bewerbe ich mich aus Eigeninitiative. Hoffen wir, dass das ein Abschied ist, hat er gesagt. Gelächelt hat er, ist aber weit entfernt gewesen, den Simon anzubieten. Geschweige denn die ewige Freundschaft. Dabei hätte ich …

Die gleichgültige Auslegung eines Hüstelns lässt Krohn herumfahren: Ich wollte nachsehen, ob alles in Ordnung ist. Meine beiden wirken entspannt, schön zu sehen.

Frau Wilfing stellt sich neben Krohn, gemeinsam beobachten sie die Vögel.

Ich weiß gar nicht, welcher der beiden Orfeo und welcher Euridice ist. Darf ich annehmen, der Schönere dort ist Euridice?

Was haben Sie denn mit Ihrer Hand angestellt?

Frau Wilfings Unverblümtheit beeindruckt ihn. Normalerweise wenden Menschen betreten den Blick ab, wenn sie seine vernarbte Hand bemerken.

Ein Unfall, als ich noch ein Kleinkind war. Sie wissen ja, früher war es mit der Sicherheit in Kindergärten nicht weit her. Ich durfte einmal in der Küche mithelfen. Später hieß es, ich wollte mir ein Pommes stehlen. Ich habe das immer bestritten, aber niemand wollte einsehen, dass die Erdäpfelstifte in der Fritteuse einfach nicht richtig geordnet waren.

Frau Wilfing verzieht das Gesicht: Ordnungsliebe kann ganz schön schmerzhaft enden, sieh einer an. Um auf Ihre Frage zurückzukommen, Sie haben recht, Euridice ist ein Positurkanari, genauer ein Frisé-Kanar aus der Gattung der Pariser Trompeter. Orfeo dagegen ist ein Gesangskanari, ein Harzer Edelroller. Die besten Sänger weit und breit.

Der Erwähnte scheint sich der Aufmerksamkeit bewusst und beginnt, auf seiner Stange hin- und herzuwandern.

Unser Orfeo entstammt einer neueren Zuchtrichtung, bei der Farbe und Gesang integriert werden. Früher waren Harzer Edelroller blass- bis goldgelb, Orfeo hat hingegen ein zweifarbiges Federkleid und singt zugleich so schön wie kein anderer Vogel. Vier Touren, nicht zu laut, nicht zu schrill.

Krohn und Frau Wilfing betrachten den Vogel erwartungsvoll, aber er tut ihnen nicht den Gefallen, sein

Gesangstalent zu präsentieren. Vielmehr hüpft er nervös von Stange zu Stange.

Ich fürchte, es liegt noch etwas Arbeit vor Ihnen, aber für heute ist es genug. Ich will meine beiden nicht überfordern, Kanarienvögel sind wie gesagt sehr sensibel.

9

Wir könnten hier ein wenig mehr Komfort reinbringen. Wollten wir nicht mal das alte Sofa entsorgen?

In ihr Smartphone vertieft, zeigt Martha keine Anzeichen, das Sofa so schnell loswerden zu wollen.

Oder in einen anständigen Lesesessel investieren, was meinst du?

Krohn ist es peinlich, dass er der Euphorie kurz die Zügel schießen ließ. Er hat einen kleinen Job bei Eternal Partners abgestaubt und führt sich auf wie ein Jugendlicher, der mit den ersten Ferialjobeinnahmen ein Einkaufszentrum stürmt.

Doch seine Frau ist gnädig genug, das Gesagte mit einem Lächeln abzutun: Ich gehe gerade das Kursangebot für den Tanzsommer durch. Bin zwar spät dran, es gibt aber noch Plätze. Na, bist du dabei?

Ich weiß nicht, sagt er zögerlich.

Schon gut, ich habe nicht damit gerechnet, dass du noch zum Tänzer wirst. Oder war Wilfing einer? Dann könnten wir's als Schulung betrachten.

Vortanzen muss ich den Vögeln zum Glück noch nicht. Meine Stimme genügt ihnen.

Krohn setzt sich in den Lesesessel. Die willkommene Kunstlederkühle am Unterarm. Nur wenn er sich zu lange nicht bewegt, wird es klebrig – was kein hinreichender Grund ist, ein praktisch neuwertiges Stück zu entsorgen.

Was ich bis jetzt von Wilfing mitgekriegt hab, kann ich mir kaum vorstellen, dass er diesbezüglich Ambitionen hatte.

Na gut, kein Paartanz, sagt Martha. Oh, wie wäre es mit *Dance like in Bollywood*. Das wäre doch was für mich.

Ernsthaft?

Warum nicht? Sie sieht ihn mit theatralisch hochgezogenen Brauen über die Brille hinweg an.

Klingt anstrengend, wenn du mich fragst.

Man muss sich die Kräfte eben einteilen, entgegnet Martha und müht sich vom Sofa hoch.

Brauchst du was? Du musst mir nicht beweisen, dass du fit bist.

Das weiß ich. Muss trotzdem aufs Klo.

Er hört, wie sie die Badezimmertür absperrt. Ein Automatismus. Nach dreißig Jahren hat man sich nichts mehr zu verheimlichen, man ist es eben gewohnt, die eine Hand greift zur Klinke, die andere zum Drehknopf.

In der Nachbarwohnung quietschen Reifen. Treibende Musik wummert herüber, wird von Schüssen unterbrochen, bevor sie wieder loslegt. Der gestrige Film klang zum Verwechseln ähnlich. Bei Krohn war es wie bei der Nachbarin, deren Stelle vor ein paar Monaten abgebaut wurde. Zuerst hat er alles Cineastische, das ihm unterkam, angesehen. Danach, um seiner zunehmend lädierten Innenwelt etwas Gutes zu tun, wechselte er zu leichter Unterhaltung, Serien, die ihm das Lachen vormachten. Schließlich war er bei romantischen Komödien gelandet, schaute so viel, bis er sich als Fünfzigjähriger vorstellen konnte, wie es ist, wenn der Schwiegervater vor dem Altar den Schleier der Braut hebt und man aufpassen muss, dass einem die Kinnlade nicht herunterklappt vor lauter Wow. Oder der Moment, wenn dem Protagonisten klar wird, dass er die Hauptdarstellerin liebt – eben aufgrund ihrer völlig harmlosen Macken, dem gelegentlichen Stammeln, dem Erröten bei Fehlleistungen, der Befangenheit gegenüber Vorgesetzten. Bevor Krohn zu den Actionfilmen gelangte, hatte er den Absprung geschafft, war ins Online-Schach getaucht und schließlich an den Strand einer Insel namens Sudoku gespült worden.

Weißt du, ich mach den Bollywood-Kurs, sagt Martha, als sie aus dem Badezimmer kommt. Kostet nicht viel und die Zeit nehme ich mir.

Ich mach uns was zu essen, verlautbart Krohn. Als er aufsteht, antwortet der Ledersessel mit einem Schmatzen.

Meine lieben Vogelfreunde, was haltet ihr von meinem Aufzug? Feiner Zwirn, nicht wahr? Fünf Anzüge hat sie mir geschickt, die werde ich euch die kommenden Tage präsentieren. Aber ihr kennt die ja schon von eurem Vogelpapa. Na gut, was besprechen wir heute? Ideen, Vorschläge? Ahh, eine Stunde Selbstgespräch, so leicht verdient ist das Geld nun auch wieder nicht. Ich hoffe, ihr schließt mich bald in eure Vogelherzen, damit wir zu Erfreulicherem übergehen können. Obwohl, Voliereputzen …

Wisst ihr, gestern bin ich durch mein Viertel gegangen und an einer Telefonzelle vorbeigelaufen. Ein Relikt, aber ich bin alt genug, um noch zu wissen, wie sie benutzt worden sind. Gerade mal drei Querstraßen zu meiner Wohnung steht sie, ist mir aber nie aufgefallen. Und wie ich so zur Telefonzelle zurückschaue, frage ich mich, ob ich Marthas Nummer auswendig kann, sie hat seit Ewigkeiten die gleiche, und ich krieg sie wirklich zusammen. Ich schaue zur Zelle und stelle mir vor, dass es eine Zeitmaschine ist. Wenn ich reingehe und Marthas Nummer wähle, reise ich zurück zu Martha von vor dreißig Jahren, lange bevor sie einen Gedanken an ihre Blutkörperchen verschwenden hat müssen. Ich selbst würde der Anton sein, der tagsüber im Büro am Computer sitzt, über Kopfhörer Musik hört und irgendwelche Zahlen in die Tastatur tippt. Nachts würde ich mit Martha um die Häuser ziehen, wir gehen ins Kino, zu Ausstellungseröffnungen oder Konzerten. Ich würde in einem Alltag voller Strukturen landen, die mich auffangen würden. Was ich früher niemals zugegeben hätte, und wenn, dann sicher nicht für gut befunden. Vielleicht hätte ich es einfach ausprobieren sollen: Reingehen in die Telefonzelle, Nummer wählen. Aber im besten Fall ist das Ding jetzt eine Büchertauschzelle, im schlechtesten ein Pissoir.

Martha ist seit über zwanzig Jahren meine Frau, vielleicht erzähle ich euch ein bisschen über sie. Über Martha vor der Krankheit. Ist ein angenehmerer Gesprächsgegenstand, wie ich finde. Die richtig rosigen Zeiten, als wir uns kennengelernt haben, die ersten Jahre. Als ich sie kennengelernt habe, hat sie als Wing Woman gearbeitet. Nein, das sind keine Frauen mit Flügeln, wo denkt ihr hin, ihr Vögel. Das ist einer dieser Jobs gewesen, die in den 00er-Jahren entstanden sind. Als Mann mietest du eine Wing Woman, die für dich in einer Bar oder einem Club den Kontakt zur Wunschfrau herstellt. Die Wing Woman tut so, als wäre sie deine beste Freundin, kommt ins Schwärmen und sobald das Zielobjekt den Köder schluckt, verschwindet sie unauffällig. So habe ich übrigens auch Ralf kennengelernt. Nicht dass er mir von einer Wing Woman schmackhaft gemacht worden wäre, nein, er ist mit einer Kollegin von Martha liiert gewesen, Layla. Sie ist dann aber mit einem Kunden durchgebrannt und hat bei Ralf damit eine Tradition an tragisch gescheiterten Beziehungen begründet. Als Freund und Minigolfpartner ist Ralf in Ordnung, der Alltag mit ihm muss aber eine Zumutung sein. Ihr kennt ihn ja noch nicht, ich versuche, ihn mal in aller Kürze zu beschreiben: Ralf ist nicht nur einer, der mit 54 noch raucht – Nie aufgehört, seit ich vierzehn bin, hat er mal gesagt –, Ralf ist auch einer, der die Zigarette mit den Zähnen aus der Packung zieht. Jetzt habt ihr ein Bild, ja? Die Trennungen hat er immer halbwegs gut weggesteckt, nur die letzte hat ihn richtig aus der Bahn geworfen. Selma ist vor einem halben Jahr gegangen. Das ist die Frau gewesen, mit der Ralf sich hat vorstellen können, alt zu werden. Gemeinsam Bier trinken und eine nach der anderen rauchen, bis zum letzten Zug. Ich habe das Gefühl, seit Selma nicht mehr da ist, sieht er sich schon allein in einem von den Heimen sitzen, die er täglich aufsucht. Hat Angst, dass sie ihn irgendwann dortbehalten. Als Martha so krank gewesen ist, hat mir diese Vorstellung ehrlich gesagt auch Unbehagen bereitet, was wäre aus mir geworden – aber ja, Martha, sie hat also als Wing Woman gearbeitet. Ich bin ein paarmal in den Clubs gewesen, um zu beobachten, wie sie eine Wunschfrau eingewickelt hat. Sie hat das unglaublich gut gekonnt. Selbstbewusst an ein Thema anknüpfen, das sie im Vorbeigehen aufgeschnappt hat, und dann den Klienten geschickt in die Erzählung einflechten: Was für ein lustiger Zufall, Fabian, komm mal her, Fabian ist auch ein ganz großer Fan von Wer-weiß-ich. Schon ist er im Spiel, und Martha, die beste Freundin, rein platonisch, lässt ihn in den schillerndsten Farben glänzen: Da bist du nicht in der Stadt gewesen, sondern auf Dienstreise in L.A. Oder doch Hongkong? Was du mir letztens auf dem Klavier vorgespielt hast, war das nicht auch von diesem Komponisten? Ach, von dir selbst? Und sie ist Stichwortgeberin: Tanzfläche? Tequila? Taxi?

Wo ich darüber rede, merke ich, dass Eternal Partners für Martha die logische Entwicklung gewesen ist. Ab einem gewissen Alter kann man nicht mehr die Kupplerin spielen, ohne dass es eigenartig wirkt. Klingt zynisch. Ist es vermutlich auch, aber ich behaupte ja nicht, dass ich noch einen glaubwürdigen Wing Man abgeben könnte.

Für Eternal Partners hat Martha einige Witwer betreut. Vielleicht war einer dabei, der ungesund für sie gewesen ist. Männer, die ihre Frauen überleben, sind ja irgendwie verdächtig. Da stimmt das Narrativ nicht.

Martha hat Leukämie bekommen. Chemo, Strahlentherapie, Antibiotika, Schmerzmittel, dauernde Übelkeit, sie ist durch die gesamte Leukämiehölle gegangen. Während der Therapie ist sie zwischen sich selbst Abschreiben und Trotzreaktion getaumelt. Ist nicht leicht gewesen, auch für mich, hab ja nur zusehen können … Was will man immer über die Krankheit reden? … Die meisten Tage ist sie in ihrer Strickweste durch die Wohnung geschlichen, die Weste um sich geschlungen, dass sie fast zweifach eingehüllt war. Vor zwei Monaten hat sie die letzte Phase positiv hinter sich gebracht, jetzt geht sie regelmäßig zur Kontrolle. Damit es keinen Rückfall gibt. Und seit zwei, drei Wochen ist sie ein Sonnenschein. Es sollte mich glücklich machen, wenn sie voller Lebensfreude ist. Bloß wirkt es irgendwie unecht, versteht ihr? Aber nach allem, was sie durchgemacht hat, während ich nur danebenstehen hab können, welches Recht habe ich, ihre Stimmung zu beurteilen, geschweige denn zu kritisieren, dass es ihr gut geht …

Entschuldigen Sie, ich unterbreche Sie ungern in Ihren Ausführungen, hört er Ingrid Wilfing hinter sich. Krohn fühlt sich ertappt, fragt sich, wie lange die Witwe schon zugehört hat.

Ich wollte einfach nur nachsehen, ob Sie Fortschritte machen. Oder ob Sie etwas benötigen.

Krohn setzt ein Lächeln auf, das ihm nicht gelingen will.

Also lässt er es bleiben, niemand erwartet, dass ein Gespräch mit zwei Kanarienvögeln beglückend ist.

Er möchte fragen, was sie über Martha mitbekommen hat, weiß jedoch, dass private Themen tabu sind. So stand es im Vertrag, er hat mit der Witwe nur über die Wilfing-Vergangenheit zu sprechen. Stattdessen fragt er etwas, das ihn schon seit dem ersten Tag beschäftigt.

Weshalb ist zwischen den beiden Vögeln eine Trennwand eingezogen? Meine vorläufige Theorie ist, damit Orpheus nicht in Versuchung kommt, nach Eurydikes zu sehen, und sie endlich aus der Unterwelt befreien kann.

Oh, wunderbar, der Mann hat Humor. Sie gefallen mir.

Frau Wilfing steckt einen Finger zwischen die Gitterstäbe. Orfeo nähert sich neugierig und beginnt, an der Kuppe zu knabbern.

Ich fürchte, die Erklärung ist banaler. Das Männchen singt viel weniger, wenn er einen anderen Vogel sieht. Sein Gesang ist ein an Abwesende gerichtetes Lied.

Die Witwe schweigt einen Moment und fügt schließlich hinzu:

Seltsam, so betrachtet müsste Orfeo mehr denn je singen … Denn seit Arno fort ist, singt er nur noch selten, liegt Krohn auf der Zunge. Doch er will es sich mit der Witwe nicht vertun, vor wenigen Augenblicken hat sie ihm noch Humor attestiert. Von wunderbarem Sarkasmus war nicht die Rede.

11

Vor ihnen das Labyrinth. Irreführende Bezeichnung, sagt Ralf wieder einmal. Das Ziel der als Labyrinth bezeichneten Bahn kann über alle Eingänge erreicht werden – was Ralf zufolge der Definition widerspricht.

Krohn entgegnet mit seiner Standardantwort: Sieht aber aus wie ein Labyrinth.

Ralf legt den Ball auf das Abschlagfeld. Eine Wespe umkreist seinen Kopf, er lässt sich nicht ablenken, schlägt ab und locht ein. Triumphierend lässt er den Schläger ins Gras fallen und streicht über seine ausladenden Koteletten, Mutton Chops nennt sie der Fachmann. Krohn könnte wetten, dass er seinen Bart färbt, um jede Ähnlichkeit mit einem alternden Kaiser zu vermeiden. Für einen Mittfünfziger ist die Farbe unnatürlich gleichmäßig.

Als er sich um den Ball bückt, stöhnt Ralf: Ich komme in das Alter, in dem ich mir einen Schläger mit Saugnapf zulegen sollte.

Niemals, sagt Krohn. Regelmäßiges Bücken ist der einzige sportliche Aspekt an dem Ganzen. Sobald wir uns nicht mehr um den Ball bücken, geht's bergab, mein Lieber.

Ralf steht da und grinst. Zu lange, sein Gesicht ist längst Grimasse. Krohn sieht weg, zur nächsten Bahn. Er hasst es, wenn Ralfs Gesicht einfriert. Er versucht es mit Ablenkung: Ich habe meinen Vögeln jetzt schon so viel vorgeredet, inzwischen warte ich fast darauf, dass sie jeden Moment antworten. Oder können das nur Papageien? Ich weiß immer noch absolut nichts über Kanarienvögel.

Ich werde noch einige Monologe führen müssen, stöhnt Krohn. Mir fehlen die Entwicklungsmöglichkeiten, eine Arbeit zu haben ist ja gut und schön, aber wenn das ultimative Ziel ist, den Volierenkäfig zu putzen …

Ich hab da eine neue Theorie, worum es bei der Arbeit wirklich geht, sagt Ralf und bringt mit gewichtiger Miene seine Theorie vor: Eigentlich geht es um Würde.

So wie in: Würde ich nach dem hier noch ein Bier trinken, müsste ich mich auf dem Heimweg bei dir festhalten?

Krohn hat sich vorgenommen, in nächster Zeit etwas zurückzuschrauben, die Minigolf-Bier-Kombination wurde in den letzten Wochen etwas überstrapaziert.

Ich meine das andere Würde. *Die* Würde. Wie in: In Würde altern. Oder eben: In Würde einer Arbeit nachgehen.

Krohn sieht sich vor der Vogelvoliere stehen, den Hampelmann machen. Diese Form der Arbeit lässt sich schwer mit Würde in Einklang bringen.

Ralf muss lachen: Ich weiß, was dir durch den Kopf geht. Aber denk mal nicht an die Unternehmerfamilie. Denk mal an dich.

Offensichtlich hat er keine Ahnung, was in Krohns Kopf vorgeht. Krohn denkt bevorzugt an sich selbst.

Wenn die Witwe glaubt, sie könnte sich Würde erkaufen, dann soll sie das nur. Dir sollte wichtig sein, dass du deinen Teil abkriegst. Schau zu, dass du mit mehr als nur einem ordentlichen Gehalt rausgehst. Dass du dich nicht aufgibst, sondern dem Ganzen deine Persönlichkeit aufdrückst. Deine Haltung.

Meinen Stempel, meinst du?

Jedem Wilfing wohnt ein Krohn inne.

Klingt nicht schlecht, muss Krohn zugeben.

12

Ich glaube, von meiner Tochter habe ich euch noch gar nichts erzählt, oder? Dabei arbeitet Stella auch mit Tieren, sie ist Hundesitterin. Das mit den Hunden geht weit zurück. Schon als Mädchen hat sie sich die Hunde der Nachbarn geborgt, um mit ihnen durch die Gegend zu streifen. Die Nachbarn haben sie liebend gern hergegeben, einer Zehnjährigen musst du ja so gut wie nichts bezahlen. Ich bin standhaft geblieben, mir ist kein Kläffer in die Wohnung gekommen. Hab argumentiert, dass ich ein Katzenmensch bin, obwohl mir die, wie eigentlich alle Tiere, pardon, egal sind. Also, sie können meinetwegen in der Natur herumtollen, aber ich brauche sie nicht bei mir zu Hause. Am ehesten kann ich noch für Menschen Interesse aufbringen. Die müssen dafür aber schon irgendein Kunststück parat haben, Menschsein allein ist zu wenig. Ich zum Beispiel kann ganz gut zeichnen. Und dann noch ein, zwei richtige Kunststücke, vielleicht zeige ich euch mal, wie ich eine Münze verschwinden lasse. Aber zurück zu Stella. Sobald sie volljährig, das heißt erwerbsfähig war, hat sich ihre Begeisterung bezahlt gemacht. Sie hat ihre Zeit mit den Hunden als mehrjähriges Training verkauft und als langen Weg zur Professionalisierung. Im Handumdrehen hat sie eine kleine Firma gegründet gehabt, auf ihrer Homepage ist was von Aggressionsmanagement gestanden, von Sozialisierung, Angstabbau, sogar von Verhaltensentfaltung. Alles für Hunde, nicht etwa für Menschen. Dass denen die Knie weich werden, wenn ihnen eine Bulldogge das Gebiss zeigt, ist ein anderes Thema. Stella ist Spezialistin für Hunde, mit Menschen treffe ich sie so gut wie nie. Mitte zwanzig und mir ist nicht bekannt, ob sie je in einer Beziehung gewesen ist. Martha vermutet, dass sie ab und zu einen Kuschler-Dienst nutzt, aber was weiß ich. Gestern hat sie uns mit einem Hund unter dem Arm besucht, einer von denen mit zerknautschtem Gesicht. Ausnahmsweise habe ich sie mit dem Hund in die Wohnung gelassen, weil sie gerade mitten in einer Intensivschulung sind. Die Besitzer heiraten und ihr Goldapfel soll durch die Kirche zockeln und die Trauringe überreichen. Keine große Aufgabe, denkt man sich. Andererseits, bei einem Hund mit angeblich schwachen Nerven und ein paar Hundert Hochzeitsgästen kann einiges schiefgehen. Stella hat versucht, gelassen zu wirken, vor allem wegen dem Hund. Die merken sofort, wenn jemand angespannt ist, das weiß sogar ich. Und für Stella steht einiges auf dem Spiel, ein richtig großer Auftrag. Die Hundebesitzer sind einflussreiche Leute, wenn sie einen guten Job macht, haben wir einen trendenden Hashtag und sie ist groß im Geschäft. Sagt sie. Stella hat zum Training ein identes Brautkleid ausgeliehen, mit dem sie in der Wohnung herumläuft. Der Hund wird darauf konditioniert, versteht ihr? Sobald er das Kleid sieht, will der eine Ringschachtel im Maul. Der Hund ist seit drei Wochen bei ihr. Morgens geht sie mit ihm laufen, viel Auslauf beruhigt ihn. Es gibt auch schon einen genauen Plan für den Tag der Hochzeit: früh morgens zum Hundefriseur, der extra ein bisschen früher aufsperrt. Danach muss sie noch mal laufen, weil so eine Fellpflege ganz schön anstrengend ist für den Hund. Der Kleine muss ein richtiges Wrack sein. Ich muss sagen, da stehe ich lieber bei euch Vögeln und erzähle euch was. Es geht nämlich weiter: Während wir auf dem Sofa sitzen und uns unterhalten, zückt Stella alle paar Minuten ihr Smartphone, um ein Foto von dem hässlichen Köter zu schießen. Alles für den Besitzer, damit er weiß, dass es dem Hund gut geht. Ich habe mich gefragt wozu, wenn doch alle Hunde Sensoren am Halsband tragen, mit denen kontrolliert wird, ob alles in Ordnung ist. Aber das Halsband überprüft nur die Lebensfunktionen und allfällige Gefahren, hat mir Stella erklärt. Ihr Foto zeigt, dass der Hund nicht bloß lebt, sondern dass er glücklich ist. Ich frage mich, woran man das bei einem Tier erkennen kann. Seid ihr denn glücklich da drinnen in eurer Voliere?

Schon interessant. Will von meiner Tochter erzählen und lande bei den Hunden. Sie hat eben kaum andere Interessen. Aber wer weiß, in ein paar Monaten erzähle ich ihr vielleicht Vogelgeschichten. Eine habe ich schon aufgegabelt: Der Knutt, kennt ihr den? Der Knutt legt zwischen Brut- und Überwinterungsgebiet ein paar Tausend Kilometer zurück. Bevor er sich auf den Weg macht, kann er wichtige Organe wie Magen, Darm, Leber, Nieren verkleinern, gleichzeitig werden die Muskeln, die er für den Flug braucht, größer und stärker. Und sobald er gelandet ist, entwickelt sich alles wieder zurück. Verrückt, oder? Er verwandelt sich innerlich, versucht, euch das mal vorzustellen.

Was sollen sich die beiden vorstellen?, ist Ingrid Wilfings Stimme zu hören.

Ach, nichts. Vogelgeschichten.

Frau Wilfing ist wie immer elegant gekleidet. Sie trägt eine ärmellose beige Bluse und eine weiße Leinenhose, um den Hals eine Kette aus Perlmutt. Helles Kolorit für eine Witwe, denkt Krohn, die Farbe der Trauer scheint ihr nicht zuzusagen. Ihr Blick ist durchdringend, ein leises Lächeln um den Mund. Sie will etwas, etwas außer der Norm. Für gewöhnlich ist sie nicht zurückhaltend. Doch nein, das ist keine Zurückhaltung. Sie genießt die Spannung.

Ich habe eine Frage, sagt sie endlich. Haben Sie Einwände, wenn ich Sie Arno nenne? Wissen Sie, auf Dauer fände ich es hinderlich, Sie mit Ihrem tatsächlichen Namen anzureden, vor allem, da er klanglich so nahe an Arno liegt.

Arno, Anton, früher oder später käme es zu unangenehmen Verwechslungen, spricht Ingrid Wilfing weiter. Außerdem versuchen wir hier, eine für mich verlorene Realität wiederzuerwecken. Und schließlich, entschuldigen Sie, Ihr Familienname lässt immer an diese schreckliche Krankheit denken, Morbus Crohn.

Diese Namensassoziation ist Krohn seit Langem nicht mehr gekommen. Wenn er seinen Namen hört, sieht er in der Regel ein Königshaupt mit entsprechender Bedeckung.

Und Anton, das hat wiederum etwas gar Bäuerliches, müssen Sie zugeben. Mit Ihrem Taufnamen würde mit der Zeit alles mögliche Ungewollte hier einbrechen. Woher Sie kommen, was Sie denken, am Ende noch Ihre politischen Ansichten. Also im Grunde genommen gibt es ohnehin keine andere Option. Von Anton zu Arno ist ja letztlich kein weiter Weg.

13

Was glaubt die, wer sie ist? Was glaubt die, was ich bin? Ihr Pudel? Bin ich ihr Schoßhündchen, das sie einfach umtaufen kann? Nein, einen Hund kann man nicht umbenennen, weil der dann nicht mehr auf seinen Namen hört.

Beruhig dich erst mal, sagt Martha und streicht ihm über den Arm. Das ist eben Teil des Auftrags.

Aber es geht da um eine Grenze. So kann man mit einem Menschen doch nicht umspringen. Sie behandelt mich wie einen Sklaven, mit dem sie machen kann, was ihr gerade einfällt.

Ich finde, du trägst zu dick auf. Du siehst nur das Absurde an der Vogelsituation, und dabei entgeht dir die Schönheit an der Arbeit. Du bringst durch deine Anwesenheit dort jemanden zurück, der vermisst wurde. Für mich war es selbstverständlich, dass mich Kunden im Lauf der Zeit mit dem Namen ihrer verstorbenen Frau angeredet haben.

Entschuldige, sagt er, aber normal ist das nicht.

Wenn es einem hilft, finde ich das in Ordnung.

Am liebsten würde ich alles hinschmeißen.

Kaum hat er es ausgesprochen, will er es zurücknehmen. Er klang wie ein trotziges Kind. Vor allem aber war es Martha gegenüber unfair. Wie lange hat sie genau diesen Job gemacht, während er zu Hause gesessen hat. Arbeiten hätte können. Er weiß, dass sie jederzeit wieder bei Eternal Partners anfangen würde, wenn sie gesund wäre. Sie wieder kräftig genug wäre.

Krohn weicht ihrem Blick aus: Anton ist ihr zu bäuerlich. Er geht ins Schlafzimmer, ein paar Ausflüchte über die Schulter pressend.

Er wirft sein Sakko aufs Bett. Wilfings Sakko. Krohn setzt sich daneben. Die Wut wegatmen, heißt es. Er atmet. Es hilft nur bedingt. Krohn steht wieder auf, geht im Kreis. Am Kleiderständer hängen neue Anzüge. Er hat gegenüber der Wilfing-Witwe den Geschmack ihres Mannes gelobt, offenbar hat sie weitere Anzüge geschickt. Einer in Nachtblau, zweimal Leinen, ein brauner Fischgrät und dann noch ein Tweed, der an Reitausflüge durch englische Landschaften denken lässt. Haben die Wilfings vielleicht Pferde? Möglich wäre es allemal. Er sieht sich, wie er auf einem Pferderücken durch die Wälder vor der Stadt getragen wird. Der Gedanke daran hilft, wieder etwas mehr Luft zu bekommen.

II

1

Auf dem Display eine Nummer, die ihm bekannt vorkommt. Ähnlich geht es ihm mit der Stimme. Nachdem er den Namen überhört hat, versucht er, sie einzuordnen. Er kennt den Tonfall. Da kommen Erinnerungsbilder: Erst der Dutt. Dann die Bluse, blütenweiß.

Guten Tag, ja, wie kann ich helfen?

Wie gesagt, ich rufe wegen einer dringenden Angelegenheit an, Herr Krohn, wir sollten keine Zeit verschwenden.

Krohn nimmt den Stift in die Hand und beginnt mit kleinen Kritzeleien am Blattrand.

Könnten Sie für eine Unterredung in die Zentrale kommen? Ich sehe in der Datenbank, dass Sie heute nicht arbeiten, wie schnell können Sie bei uns sein?

Moment, Moment, Frau … Könnten Sie mir bitte sagen, worum es geht?

Natürlich, Herr Krohn. Es geht um Ihre Anstellung bei Frau Wilfing, die im Übrigen sehr zufrieden mit Ihrer bisherigen Leistung ist. Unvorhergesehene Entwicklungen zwingen uns aber zur Reaktion, weshalb ich mich gern, wie gesagt, so bald wie möglich mit Ihnen treffen möchte, um die weitere Vorgehensweise zu besprechen.

In geschwungenen Lettern schreibt Krohn *unvorhergesehen* auf das Papier. Er sieht zum Wasserfleck an der Decke, der ihn an eine Regenwolke denken lässt, und spürt, wie ein neues Klima aufzieht. Ein noch nicht dagewesenes Interesse an seiner Person, eine unvertraute Relevanz. Er kann nicht behaupten, nach der Erklärung der Personalerin mehr über die neue Situation zu wissen, bezweifelt aber, dass weitere Fragen einen Funken ins Dunkel brächten.

Na schön, es lässt sich bestimmt einrichten, dass ich am Nachmittag zu Ihnen komme. Vierzehn Uhr?

Vierzehn Uhr wäre ideal, Herr Krohn. Kein Problem, wenn Sie sich ein wenig verspäten.

2

14:12 Uhr, verrät die Armbanduhr des Rezeptionisten. Bis Krohn in der Tür der Personalerin steht, ist es Viertel nach.

Man erwartet ihn. Der Personalerin gegenüber sitzt Ingrid Wilfing mit einer jungen Frau, die Tochter der Wilfings, er kennt sie von der Fotografie im Flur zum Kanarizimmer. Valerie, wird sie ihm vorgestellt. Neben dem Tisch, zwischen den Parteien, sitzt ein Mann im Anzug, nicht bekannt von den Bildern im Flur. Julius, der Wilfing-Sohn sieht anders aus, ist auch um einiges jünger. Der Mann wird Krohn als Niklas Schirmer vorgestellt, neuer CEO bei SemTec. Wilfings Nachfolger.

Ein Gespräch mit der Familie und dem neuen Firmenchef, sagt Krohn: Es scheint wichtig zu sein. Wo brennt der Hut?

Während die Frauen schmunzeln, prustet Herr Schirmer los – womit er sich einreiht in die Sorte Mensch, die eine Spur zu laut redet und zwei Spuren zu laut lacht.

Nachdem die Vorstellungsrunde abgeschlossen ist, will keine weitere Zeit vergeudet sein. Schirmer ergreift das Wort: Herzlichen Dank, dass Sie sich so kurzfristig Zeit nehmen konnten, Herr Krohn. Sie wundern sich vermutlich über die Dringlichkeit, aber ohne zu übertreiben, kann ich wohl sagen: Es geht um die Zukunft der Firma SemTec, und Ihrer Person kommt dabei eine zentrale Rolle zu.

Krohn blickt in die Runde. Ingrid Wilfings Blick ist wie

immer schwer zu deuten, Tochter wie Personalerin wirken konzentriert. Krohn hat keine Ahnung, ob sie eine Reaktion von ihm erwarten, er wendet sich an Schirmer und nickt.

Wir stehen mit SemTec vor dem größten Abschluss der Firmengeschichte, fährt dieser fort. Ein brasilianischer Anleger möchte in den Markt investieren, am südamerikanischen Kontinent ist SemTec bislang nicht präsent. Der Anteil, den Arno Wilfing am Zustandekommen dieser Verbindung hatte, kann gar nicht hoch genug eingeschätzt werden.

Ein triumphierendes Lächeln auf dem Gesicht der Tochter. Sollte es nicht umgekehrt sein? Sind in der Regel nicht die Eltern stolz auf ihre Kinder?

Diese alleinstehende Position Herrn Wilfings während der Geschäftsanbahnung droht allerdings, sich in ein Problem zu verwandeln. Herr Pinheiro hat sich in der Kommunikation stets auf Herrn Wilfing berufen. Über dessen Ableben hinaus.

Die Brasilianer wissen nicht, dass mein Mann gestorben ist, hilft Frau Wilfing aus.

Schirmer räuspert sich: Nun ja, wir haben Herrn Pinheiro mitgeteilt, dass die weitere Abwicklung über meine Person beziehungsweise mein engeres Team geschehe – eine Option, die Herr Pinheiro unmissverständlich ausgeschlagen hat.

Arno hatte gewisse Talente, meldet sich Frau Wilfing wieder zu Wort: Beispielsweise konnte er durchaus gesellig sein, wie das gern der Fall ist, eben dann, wenn Alkohol ins Spiel kommt. Ich nehme an, während seiner Geschäftsaufenthalte in São Paulo hatte er Gelegenheit, seine Trinkfestigkeit zur Geltung zu bringen.

Krohn beobachtet Schirmer, der hinter seiner Fassade nicht verbergen kann, dass sich seine Stimmung zunehmend verdüstert. Jetzt erst bemerkt Krohn, dass Schirmer älter ist, als er angenommen hat. Die gepflegte Dandyhaftigkeit hat wohl dazu beigetragen, der Haarschnitt, den er sonst nur bei Männern in ihren Zwanzigern kennt. Schirmer ist jemand, der auf seinen Körper achtgibt, er trinkt nicht flaschenweise Wodka, sondern begnügt sich mit einem Gläschen Château Margaux.

Wir haben nun in Abstimmung mit den Kollegen von Eternal Partners beschlossen, Ihre Dienste, Herr Krohn, über den bisherigen Umfang hinaus in Anspruch zu nehmen. Wir brauchen Sie.

Krohn verspürt Genugtuung, ein selten gewordenes Gefühl. Zugleich macht sich Nervosität in ihm breit: Was ist seine Aufgabe? Er spürt, dass etwas Großes im Raum steht.

Ich hoffe, es bleiben genügend zeitliche Ressourcen für Orpheus und Eurydike übrig, sagt er mit Blick auf Ingrid Wilfing. Der CEO tut sich offensichtlich schwer, Krohns Aussage inhaltlich zu fassen. Er erwidert ein nachdenkliches Mhm, bevor er beschließt, nicht weiter darauf einzugehen: Sie sollen Arno Wilfings Rolle nicht länger nur im Privaten ausüben, sondern auch im beruflichen Umfeld. Die genaue Vorgehensweise wird Ihnen die Kollegin von Eternal Partners auseinandersetzen. Ich kann nur sagen, wir von SemTec bauen auf Sie, die Zukunft der Firma liegt sozusagen in Ihren Händen, ich spreche von Arbeitsstellen, die durch Ihre Hilfe gerettet werden. Und ich darf Ihnen verraten, dass wir uns in pekuniärer Hinsicht zu Ihrer vollsten Zufriedenheit erkenntlich zeigen werden.

Das scheint das Stichwort für die Personalerin zu sein: Ich

würde Ihnen gern das Prozedere auseinandersetzen, Herr Krohn, sagt sie. Bislang bestand Ihre Aufgabe lediglich darin, einen verwaisten Platz einzunehmen. Wenn Sie nun einen Menschen personifizieren sollen, braucht es Schritte der Annäherung.

Unter ihrem Schreibtisch holt sie einen Ringordner hervor. Stolz tätschelt die Personalerin die gut befüllte Mappe: Bis Montag sollten Sie den Inhalt des Ordners verinnerlicht haben – Informationen zur Persönlichkeitsstruktur von Arno Wilfing, individuelle Erlebnisse et cetera. In der ersten Phase der Ausbildung geht es um Personal Development. Eine Kollegin wird mit Ihnen die Person Arno Wilfing erarbeiten. Wichtig ist, dass Sie gründlich in die Materie eingearbeitet sind, wenn Sie mit dieser Phase beginnen, die drei Tage lang dauern wird.

Krohn soll zu Wilfing werden. Aber wer soll ihm das abkaufen? Zwei Vögeln den Papa vorzugaukeln ist eine Sache, aber vor richtigen Menschen als Arno Wilfing bestehen?

Aufbauend auf die erarbeitete Persönlichkeit, werden Sie sich in den folgenden Tagen ins berufliche Setting begeben.

Krohn will einwerfen, dass die Belegschaft ja wohl mitbekommen hat, dass ihr Chef nicht mehr unter den Lebenden weilt. Doch die Personalerin redet, als drückte er auf der falschen Fernbedienung herum, einfach weiter: Ihre Tage in der Firma können Sie als Vorbereitung für Ihr Treffen mit dem brasilianischen Herrn …

Pinheiro, hilft Schirmer aus.

… Herrn Pinheiro betrachten. Zur gleichen Zeit werden wir uns um Konvergenz bemühen. Das heißt, dass Sie sich Herrn Wilfing auch äußerlich annähern. Das private Umfeld weiß über Herrn Wilfings Ableben selbstverständlich

Bescheid, Sie würden dort vermutlich auf Ablehnung stoßen, wenn Sie dem Original zu nahe kämen. Deshalb be-
schränken wir Ihre Interaktionen auf die Familie und den
Arbeitsplatz, während unser Maskenbildner mit Ihnen an
der Konvergenz arbeitet.

Sie haben Maskenbildner im Haus? Anscheinend hat
Krohn immer noch nicht die richtige Fernbedienung gefunden: In einem individuellen Kurs, der für Ihre Ansprüche maßgeschneidert ist, werden Ihnen verschiedene
Benimmregeln nahegebracht …

Krohn entgehen die zuckenden Mundwinkel bei Ingrid
Wilfing nicht. Die Personalerin erstickt seinen aufwallen-
den Einspruch im Keim: Ich weiß, dass Sie in einem Alter
sind, in dem Anstandsregeln kein Fremdwort sein dürften.
Herr Wilfing war jedoch ein Kenner der Etikette, Sie sollten sich deshalb eine gewisse Gewandtheit aneignen.

Und im Kontakt mit Brasilianern, kommt ihr Schirmer
zu Hilfe, sind anderweitige zwischenmenschliche Gepflo-
genheiten zu beachten.

Ich weiß nicht … Krohn fühlt sich überrumpelt, möchte
die Geschwindigkeit drosseln. In seinem Kopf überschlagen sich die Emotionen. Bis vor wenigen Minuten war er
Gesprächspartner für zwei Kanarienvögel, mit einem Mal
soll er einen Firmenchef ersetzen. Eine Firma retten.

Die Personalerin scheint seine Gedanken zu lesen: Uns
ist bewusst, dass es sich um einen gewichtigen Schritt handelt. Sie sollten sich aber die Vorzüge vor Augen führen.
Wer hat schon die Möglichkeit, auf die Seite von Entschei-
dungsträgern zu wechseln? Und wie Herr Schirmer schon
angedeutet hat, der finanzielle Aspekt ist hierbei nicht zu
unterschätzen.

Sie schiebt ein Blatt Papier über den Tisch. Zuerst sieht Krohn seinen Namen, dann bleibt sein Blick an einer Zahl hängen. Die Augen auf der Zahl, tastet er nach dem Kugelschreiber, der dem Vertrag hinterhergeschoben wird.

3

Nirgends ist zu lesen und auch nicht anzunehmen, dass sich der CEO von SemTec für Comics interessierte. Krohn legt eine Pause vom Studium des Wilfing-Universums ein und zeichnet. Er zeichnet sich selbst, mit einem Cape. Ein Gefühl, das er seit Jahrzehnten nicht kannte: sich superheldenhaft fühlen. Die rechte Faust ist vorgestreckt, er zeichnet sogar die Narbenlinien auf seinem Handrücken. In seiner Erinnerung begann er kurz nach dem Griff in die Fritteuse mit dem Zeichnen. Die Narben waren gerade verheilt und Krohn zeichnete vor seinen Eltern, den Klassenkameraden, den Lehrern, und alle bestätigten, wie gelungen, wie schön die Bilder waren, obwohl sie unentwegt auf seine Hand starrten. Er spürte es. Damals wollte er sich nicht verstecken. Fünfzig Jahre. Inzwischen fallen ihm die Narben nicht mehr auf. Vermutlich ist diese Selbstverständlichkeit der Grund, dass andere sie oft erst spät entdecken. Der entsetzte Blick des CEO, als er nach dem Kugelschreiber griff, bald darauf auch im Gesicht der Personalerin. Er wusste, dass beide panisch überschlugen, weshalb Arno Wilfing auf einmal eine vernarbte Hand haben sollte. Ingrid Wilfing kalmierte auf ihre Art: Herr Gott nochmal, Sie haben wohl noch nie von Handschuhen gehört.

Fürs Erste kam man überein, dass Wilfing im Alter ein Faible für Handschuhe entwickelt hat. Der CEO hatte gleich eine Manufaktur für elegante Lederhandschuhe parat, Krohn sollte es recht sein.

Er steht auf, um sich etwas aus dem Kühlschrank zu holen. Martha sitzt im Lesesessel, den Laptop auf den Knien, und tippt. Vermutlich tauscht sie sich wieder mit anderen Krebskranken aus. Resultat dieser Chats ist, dass er einige Tage danach auf neue Tinkturen im Regal oder Pillen im Spiegelschrank stößt, ihm fehlt längst der Überblick. Auch der Karton in der Kühlschranktür ist ihm bislang nicht aufgefallen. Er will ihn nicht herausnehmen. Wenn Martha ihn dabei sieht, kommt es wieder zu einer Diskussion über die Grenzen zwischen Alternativmedizin und Scharlatanerie. Der Produktname ist wenig erhellend, darunter steht: 7 Ampullen zur subcutanen Injektion. Neugierig geworden, dreht er die Packung um 180 Grad: Wässriger Auszug aus Mistelkraut. Genug der Information, denkt Krohn. Haben nicht die Druiden auf Mistelkraut geschworen oder gibt *Asterix* da falsche Auskunft? Die Frage liegt ihm auf der Zunge, doch er hält den Mund, nimmt die Reste vom Nudelsalat aus dem Kühlschrank und setzt sich damit auf das Sofa. Martha klappt den Laptop zu und sagt: Den Wilfing mimst du offenbar gerade nicht. Ich kann mir kaum vorstellen, wie ein CEO auf dem Sofa sitzt und alten Nudelsalat aus dem Plastikbecher in sich hineinschaufelt.

Ich mach Pause, antwortet Krohn.

Wie geht's mit dem Studium voran?

Geht so. Eigentlich beschäftigt mich gerade etwas anderes. Ich meine: Einen ausländischen Geschäftsmann betrügen. Da stellt sich schon die Frage, wie legal das Ganze eigentlich ist.

Bestenfalls in einem Graubereich, würde ich sagen. Aber

so wie du mir die Situation beschrieben hast, geht es darum, einen Geschäftsabschluss über die Ziellinie zu retten. Ich finde das nicht betrügerisch. Im Gegenteil, dubios ist dieser Geschäftsmann, wenn er sich so auf eine Person versteift.

Martha hebt die Hände und fügt hinzu: Und immerhin rettest du einen Haufen Arbeitsplätze.

Wenn man's so betrachtet. SemTec will kein Risiko eingehen, einfach alles in trockenen Tüchern wissen.

Krohn schiebt sich einen Löffel Nudelsalat in den Mund und nickt vor sich hin. Er wird es so betrachten.

4

So stellt Krohn sich einen Ballett-Schnupperkurs vor. Die Frau schleicht um ihn herum, den Brustkorb herausgestreckt, die Gebärden geschmeidig, Krohn wartet nur darauf, dass sie über den blank polierten Boden pirouettiert. Doch nicht körperlicher Einsatz ist gefragt, eher soll es um den Geist gehen.

Sie müssen Ihr Gedächtnis trainieren, und zwar doppelt, erklärt ihm seine PD, Personal Developerin. Einerseits sollen Sie die Erinnerungen von Arno Wilfing, die Sie in den letzten Tagen studiert haben, verinnerlichen, andererseits aber Ihr persönliches, emotionales Gedächtnis nicht außer Acht lassen. Sie werden in Situationen geraten, die Sie ähnlich schon durchlebt haben. Indem Sie sich an das frühere Setting erinnern, werden Sie in der neuen Rolle die entsprechenden Gefühle abrufen können.

Sie streicht um Krohn herum und verwandelt sich dabei von der Ballerina in eine Agentin im Spionagefilm, die über komplexe internationale Verstrickungen doziert. Dabei kommt das Gebotene inhaltlich wie heiße Luft daher. Unterm Strich erklärt sie nichts weiter, als dass er sich auf sein Vorwissen und seinen Instinkt verlassen soll. Wo liegt da die Kunst?

Sie stellt sich vor ihn und zupft nachdenklich mit Zeigefinger und Daumen an ihrer Augenbraue. Krohn braucht einen Moment, bis er versteht. Auch seine Hand bewegt sich an die Braue und beginnt, in den Härchen zu wuseln.

Bei alledem dürfen Sie nicht vergessen, Charakteristisches in Ihre Performance einzubauen. Kleine Erkennungsmerkmale steigern Ihre Glaubwürdigkeit um ein Vielfaches.

Seite 38 im Arno-Wilfing-Ringordner: *AW zupfte gern an seinen Augenbrauen.*

Meine Aufgabe als PD ist, Sie zu einer authentischen Darstellung zu qualifizieren, Ihnen dabei aber nicht die Spontaneität zu nehmen. Beginnen wir mit dem Privatleben. Bei Ingrid Wilfing müssen Sie zwar nicht in die Rolle schlüpfen – sie weiß ja, dass Sie nicht ihr verstorbener Mann sind. Das hier dient nur als Training. Also los: Sie sind Arno Wilfing und ich Ingrid.

Die Personal Developerin verharrt vor ihm. Krohn fühlt ihre Körperspannung, jetzt ist sie wieder Ballerina und zum Sprung bereit. Doch nichts passiert. Offensichtlich ist Krohn an der Reihe. Er versucht es mit einem Hallo. Als keine Reaktion erfolgt, schickt er ein Liebling hinterher.

Sein Gegenüber erwacht aus der Starre: Hallo Schatz, wie ist die Sitzung gelaufen, musstest du dich wieder mit dem Betriebsrat ärgern, Steyrer, dieser aufgeblasenen Kreatur?

Nein, nein, sprudelt es aus Krohn hervor: Sie sind Ingrid Wilfing anscheinend nie begegnet.

Ein Anfänger, der *ihr* Dilettantismus vorwirft. Die Personal Developerin zeigt sich pikiert, in Form eines Kinns, das einige Zentimeter nach oben wandert.

Krohn versucht eine Charakterskizze: Frau Wilfing ist die Unterkühlte mit spitzem Humor. Sie startet nicht mit Fragen ins Gespräch, sondern mit Feststellungen. Sie würde mir sagen, wie die Sitzung gelaufen ist.

Nun gut, sagt die PD, ich sage also: Ich sehe, du musstest dich wieder mit diesem aufgeblasenen Betriebsrat ärgern, Steyrer. Und wie würden Sie darauf reagieren?

Ich würde sagen: Mhm. Sie wissen schon, im Ordner steht in etwa: *AW neigt im Gespräch über die Arbeit zur Einsilbigkeit, spricht nur widerstrebend über den Büroalltag.*

Dann machen Sie doch. Gehen Sie in die Rolle.

Mhm.

Krohn kann Schweigen gut ertragen. Er beobachtet interessiert das einsetzende Funkeln im Blick der PD.

Du bist sicher hungrig.

Mh.

Heißt das Ja?

Das heißt Nein.

Bleiben Sie bitte in der Rolle.

Mh.

Du hast also keinen Hunger.

Ich habe am Weg etwas gegessen.

Trinkst du dann vielleicht ein Gläschen Wein mit mir und erzählst mir …

Du weißt, ich versuche, weniger zu trinken.

Ja, natürlich weiß ich das.

Krohn verdreht die Augen und fügt hinzu: Zu Hause fällt es mir noch am leichtesten, also bitte.

Wir haben auch Saft.

Mh.

Einen Saft also?

Mh.

Der PD entschlüpft ein Stöhnen, das weder Frau Wilfing noch der professionellen Ausbildnerin entstammt, sondern ganz der genervten Privatperson. Um Eskalation zu vermeiden, sendet Krohn ein Friedensangebot. Mit der Hand fährt er zur Braue und zupft.

Die PD findet in ihre Berufsrolle zurück, zwingt sich zu einem Lächeln: Schön, ja. Dass Sie an das Spiel mit den Augenbrauen gedacht haben, ist gut. Vielleicht ist es schwer, mit einem einsilbigen Wilfing zu arbeiten. Beziehungsweise besteht meines Erachtens kein weiterer Handlungsbedarf, Sie waren sehr überzeugend.

Krohn verneigt sich leicht, woraufhin sich die PD zur Gegensprechanlage begibt. Sie drückt einen Knopf und gibt Anweisungen. Wieder an Krohn gewandt, sagt sie: Kommen wir zum schwierigeren Teil. Sie sind in Kürze Vorstandsvorsitzender eines großen Unternehmens. Und vermutlich haben Sie wenig bis keine Ahnung, worin die Tätigkeit eines Vorstandsvorsitzenden besteht.

Krohn räuspert sich betreten. Seine Ahnung von derartigen Sitzungen erschöpft sich in Bildern aus alten Filmen: glatzköpfige Männer in Anzügen, die um einen Tisch sitzen und versuchen, sich gegenseitig die Schneid abzukaufen.

Glauben Sie mir, versichert die PD: Sie werden nicht der Einzige im Vorstand sein, der nicht weiß, was er eigentlich tut.

Krohn ist skeptisch.

Es handelt sich um ein ungeschriebenes Gesetz. In prestigeträchtigen Berufen verliert man seinen Posten niemals aufgrund von Inkompetenz. Hat man in seiner Karriere eine gewisse Stufe erklommen, sind Fähigkeiten nicht länger von Interesse. Ab einer bestimmten Position geht es nur noch um Performance. Man darf nicht aus dem Rahmen fallen. Der Fokus muss demnach darauf liegen, seine Rolle überzeugend zu spielen.

Sie meinen, wirft Krohn ein, wie ein Hochstapler?

Das ist vielleicht ein hartes Wort, aber wenn Sie so wollen. Hochstapler verfügen über keinerlei Fähigkeiten, außer dass sie ihre Rolle hervorragend beherrschen. Deshalb werden wir als Nächstes eine Vorstandssitzung inszenieren. Da Ihre Performance vor dem Geschäftspartner für SemTec von enormer Wichtigkeit ist, haben sich einige Vorstandsmitglieder zu einer Übungseinheit bereit erklärt.

Warten Sie, sagt Krohn, als die Tür aufgeht und vier Männer in weißen Overalls einen länglichen Tisch hereintragen, gefolgt von drei Männern in schwarzen Anzügen und einer Frau im Kostüm. Wäre es nicht sinnvoller, wenn wir vorher ein paar Schulungsvideos anschauen. Vielleicht ein paar Trockenübungen mit Schauspielern, bevor ich vor dem echten Vorstand auftrete?

Wir sind der Meinung, dass es am besten ist, wenn Sie ins kalte Wasser springen. Sie haben das Wort Hochstapler verwendet. Überzeugen Sie uns.

Die Männer in Overalls verlassen den Raum und kommen wenige Augenblicke später wieder, Bürosessel vor sich her rollend. Die PD öffnet die Tür zu einem Wandschrank. Sie nimmt einen nachtblauen Blazer von einem Bügel und streift ihn sich über. Dann greift sie sich an den Kopf und zieht ihre Haare ab, die sie an einen Haken hängt. Krohn hat nicht damit gerechnet, dass sie eine Perücke trägt, erst jetzt wird ihm klar, dass sie die Frisur von Ingrid Wilfing imitierte, die langen grauen Haare. Sie steht mit dem Rücken zu ihm, zupft an ihren kurzen braunen Locken und nestelt an ihrem Gesicht, Krohn erkennt nicht, was sie macht.

Die Anzugträger haben sich inzwischen um den Tisch versammelt und beobachten Krohn interessiert. Ein Mann mit beträchtlichem Bauchumfang lächelt ihn vielsagend an. Endlich dreht sich die PD um. Ihre Lippen sind bordeauxrot, sie trägt eine kleine, eckige Brille und Krohn könnte schwören, dass die Augen, die ihn mit stechendem Blau ansehen, vorhin eine andere Farbe hatten.

Sie klatscht in die Hände: Guten Tag, die Herrschaften. Wir sollten keine Zeit verlieren. Herr Wilfing, nehmen Sie doch bitte Platz.

Sie deutet auf den Stuhl am Kopf des Tisches und stellt sich selbst hinter den letzten leerstehenden. Krohn beobachtet, wie sie während ihrer Aufzählung anstehender Sitzungspunkte die Lehne abwechselnd streichelt, abklopft oder mit den Nägeln malträtiert.

Nun will ich das Wort an unseren Vorsitzenden weitergeben.

Ja, Danke. Krohn räuspert sich: Gertraud?

Ein unmerkliches Zucken ihres Mundwinkels. Der Vorname scheint akzeptiert.

Danke für die einführenden Worte. Somit wäre ja alles gesagt.

Krohn blickt sich um. Als Musterschüler wüsste er die Namen der Vorstandsmitglieder, könnte den vor ihm Sitzenden Namen zuteilen. Er hat sie überflogen, kann sich aber an keinen einzigen erinnern. Jetzt nicht verloren wirken: Es geht um die Performance, Krohn.

Mayer! So heißt sein Assistent.

Mayer! Lesen Sie mal das Protokoll der letzten Sitzung vor, damit wir wissen, wo wir stehen. Machen Sie schon: Erster Punkt!

Der Mann, den er fixiert hat, ist der jüngste in der Runde. Er, der seit fünf Sekunden Mayer ist oder vielleicht auch wirklich Mayer heißt, richtet sich im Stuhl auf, versucht seine Überraschung wegzulächeln, zieht ein Blatt aus einer Mappe und beginnt erstaunlich fließend, ein Protokoll abzulesen. Krohn glaubt, dass es sich wirklich um seinen Assistenten handelt.

Inzwischen schiebt die PD Krohn ein Blatt über den Tisch und flüstert ihm zu: Die Liste für den Anwesenheitscheck.

Da hat sie ihn ordentlich zappeln lassen, vermutlich die Rache für den einsilbigen Wilfing-Ehemann. Krohn fällt dem Protokollanten ins Wort: Schon gut, danke, Mayer. Wir haben ganz auf den Anwesenheitscheck vergessen. Nächstes Mal erinnern Sie mich, ja, Mayer? Also: Miller? Kopfnicken. Svensson? Kopfnicken. Steyrer? Kopfnicken.

Magana und Turner sind entschuldigt, merkt der Assistent an.

Dankbar, dass Mayer als sein Assistent in die Rolle gefunden hat, bittet ihn Krohn, mit dem Protokoll zur letzten Sitzung fortzufahren. Als er damit fertig ist, sagt er zu Krohn: Sie müssen das Sitzungsprotokoll noch genehmigen.

Krohn nickt: Schieben Sie rüber.

Das Sitzungsprotokoll dient Krohn als Strohhalm, gierig greift er nach den Wörtern, die ihm der Sekretär vorgelegt hat: Also gut, der nächste Punkt auf der Tagesordnung, Svensson, ich bin ganz Ohr. Der Budgetentwurf für das kommende Jahr, wie stehen die Dinge?

Während Svensson referiert, wandert Krohns Blick zur nächsten am Tisch – die Frau im Kostüm. Frau Miller. Welche Position und Aufgabe sie wohl innehat? Und wie verhält er sich – authentisch – als älterer Mann und Vorgesetzter? Das hier scheint der Männerwelt aus den alten

Filmen zu entsprechen, eine einzige Frau im Vorstand. Also wie verhalten? Herablassend? Leicht flirtend das neue Kostüm erwähnen? Oh nein, lieber unterkühlt auftreten, jedes potenzielle Fettnäpfchen meiden.

Frau Miller, unterbricht er Svenssons Ausführungen, was halten Sie von den Zahlen?

Frau Millers Blick ist eisig. Hat sie nichts mit dem Budget zu tun? Bevor Krohn beginnt, sich unwohl zu fühlen, flüchtet er in die Performance – *Ich bin ein harter, erfahrener Businessman, ein Blick bringt mich nicht aus dem Konzept, ein Blick ist ein Blick ist ein Blick:* Ich will keineswegs andeuten, dass uns Ihre Abteilung zu teuer kommt, keine Sorge, Frau Miller. Sie haben sich in meiner Wahrnehmung aber stets als kluge Analytikerin gezeigt und ich wäre an Ihrer Expertise interessiert.

Frau Miller ist sichtlich geschmeichelt. Sie teilt in aller Kürze ihre Meinung und Krohn glaubt ihr aufs Wort, dass es der Firma blendend geht, vor allem, wenn es zu einem erfolgreichen Geschäftsabschluss mit dem brasilianischen Partner kommt.

Nun zum Letzten in der Runde. Krohn wird beweisen, dass er nicht blöd ist. Dass er aufgepasst hat. Der Letzte in der Runde ist der beleibte Kerl mit dem süffisanten Grinsen, jener Steyrer, den die PD als den aufgeblasenen Betriebsrat bezeichnet hat.

Danke, Frau Miller. Großartig. Ich kann mich nicht erinnern, dass diese Firma jemals so gut dagestanden ist. Aber was ist mit Ihnen, Steyrer. Wie ich Sie kenne, haben Sie bestimmt etwas gefunden, um den Glanz ein wenig zu trüben.

Steyrer lacht schallend. Richtiggehend aufgeblasen.

Sie kennen mich zu gut, Herr Wilfing.

Steyrer legt die Ellbogen auf den Tisch und lehnt sich nach vorn: Meine Funktion in dieser Runde ist, immer wieder einmal darauf hinzuweisen, dass hier gern nur eine Seite der Medaille betrachtet wird. Die Arbeitnehmer, die wurden noch mit keinem Wort erwähnt.

Mögen die Spiele beginnen. Krohn lehnt sich ebenfalls nach vorn, grinst Steyrer an und sagt: Ich will Ihnen zunächst danken, dass Sie mich für die Auszeichnung zum besten CEO nominiert haben. Das ehrt mich außerordentlich. Ich werde in den nächsten Tagen einen Brief an die Belegschaft aufsetzen, in dem ich meine tiefe Dankbarkeit aussprechen werde.

Steyrer sieht ihn verblüfft an. Er sinkt in die Lehne zurück und sagt: Ja, gut. Freut mich, dass Sie sich geehrt fühlen.

Und jetzt extra langsam und laut, schließlich hatte er bei Redegeschwindigkeit und Lautstärke nur neunundsechzig Prozent Übereinstimmung: Schreiben Sie das auf, Mayer, schreiben Sie, damit ich das nicht vergesse.

Die Runde lächelt und die PD klatscht in die Hände, womit die Szene beendet ist.

Ich danke Ihnen, dass Sie uns – im Interesse von SemTec – ein wenig Ihrer kostbaren Zeit geschenkt haben, sagt die PD.

Die Vorstandsmitglieder erheben sich, einer nach dem anderen schüttelt Krohn die Hand.

Sehr überzeugend, sagt Frau Miller.

Wir bauen auf Sie, zwinkert ihm Steyrer zu, bevor er den Raum als letztes Vorstandsmitglied verlässt. Zurück bleiben Krohn und seine PD, die sich am Tisch gegenübersitzen.

Sehr schön, sagt sie und tippt auf einem Gerät herum, das einem antiken Taschenrechner ähnelt: Der Meeting Mediator zeigt Ihnen, wie Ihre Interaktionen zu werten sind.

Sie schiebt das Gerät zu Krohn, der sich den Bildschirm ansieht, hinter den Kreisen und Linien aber keine Bedeutung ausmachen kann.

Sie haben die Rolle gut angelegt, das heißt, dem Original zu großen Teilen entsprechend, fasst die PD zusammen: In Maßen jovial, zielgerichtet, und allem Anschein nach fühlen Sie sich pudelwohl dabei. Ihre letzte Finte zeigt, dass Sie ein einfallsreicher Darsteller sind. Jemand, der schnell reagiert. Was mich freut, denn genau das ist oberste Prämisse.

Die PD lehnt sich zurück und mustert Krohn nachdenklich.

Dann sagt sie: Sie sollten aber bedenken, dass jede Behauptung dem Wirklichkeitstest standhalten sollte. Tatsache ist, dass Arno Wilfing von seinen Arbeitnehmern nie für irgendeine Auszeichnung vorgeschlagen wurde. Er war ein respektierter, aber definitiv kein geliebter Firmenchef. Wenn Sie das behaupten und Ihre Aussage entpuppt sich als Unwahrheit, haben Sie ein Problem. Dann ist Ihre Glaubwürdigkeit in Gefahr und die Performance droht, in sich zusammenzukrachen.

Krohn nickt.

Ich behaupte aber nicht, dass sie zusammenkrachen *muss*. Sollten Sie sich als meisterhafter Performer erweisen, kann Ihnen nicht einmal offensichtliches Lügen etwas anhaben. Sie kennen bestimmt ein paar Beispiele, etwa aus der Politik. Ich will Sie nur warnen. Es wäre ein riskantes Spiel.

Die PD steht auf: Das wäre es für heute. Die nächsten beiden Tage werden wir an Ihrer, nennen wir es »Wilfingigkeit« arbeiten, dann gebe ich Sie an meinen Etikette-Kollegen weiter.

5

Was diese Schauspiel-Trainerin über Performance sagt, sehe ich genauso. Das Wichtigste ist, glaubhaft zu sein. Aber das ganze Setting muss stimmen, nicht nur die Performance, sondern auch das Drumherum. Bei mir ist das nicht anders.

Ralf setzt sich auf seinen Stammplatz. Von dort hat er das letzte Loch im Auge, wo sich immer wieder kleine Dramen abspielen, die er nicht verpassen möchte. Er zieht eine Zigarette aus der Schachtel und zündet sie an, bevor er seine Arbeitsmethode genauer erläutert: Bei meinen Terminen im Altersheim verwende ich eine englische Zeitung, die *Sun*. Furchtbares Schmierblatt, würde ich nie lesen. Aber die drucken auf wahnsinnig billigem Papier. Ich habe eine sozusagen historische Ausgabe aus dem Jahr 2012, die schlage ich auf und knistere schön laut damit, wenn ich lese. Meine Klienten hören nicht nur, sie fangen sogar an, die Druckerschwärze zu riechen. Jeder sieht eine Zeitung vor sich – während ich die Artikel natürlich von meinem Tablet ablese.

Du bist vielleicht ausgefuchst.

Kann mir nicht leisten, täglich Zeitungen zu kaufen. 2012, da hat eine Zeitung ja noch nichts gekostet, da hat man sich noch täglich eine gekauft. Heute dagegen – Ralf betrachtet demonstrativ Krohns Sakko: Wir können nicht alle in schicken Designeranzügen herumlaufen, mein Lieber. Er zieht genüsslich an seiner Zigarette und schnippt die Asche auf den Kiesboden.

Das war etwa die zehnte Anspielung auf Krohns Erscheinung – mein Gott, wo sind wir denn? Soll er sich schämen für den Serge-Anzug, der ihm zweifelsohne gut steht? Gibt es neuerdings einen Dresscode auf dem Minigolfplatz, der gute Kleidung untersagt?

Doch Krohn lässt auch diese Anspielung unkommentiert und fragt stattdessen, was die Alten sagen, die noch etwas sehen. Schließlich sehen die, dass Ralf immer mit der gleichen Zeitung herumraschelt.

Die spielen mit. Indem sie ein Geheimnis mit mir teilen, fühlen sie sich im erlauchten Kreis.

Ralf hebt seine Zigarette in die Höhe und bestellt bei Markus zwei Bier. Beim Zurücklehnen knarzen die Kunststoffschnüre der Rückenlehne. Krohn kennt dieses Stuhldesign und das Geräusch, das die Schnüre verursachen, seit seiner Kindheit. Gemütlich fand er die Stühle nie, das Knarzen weckt aber nostalgische Wohligkeit.

Krohn ist müde, drei Tage hat er mit der PD an seiner Wilfingigkeit gefeilt. Ein letztes Bier wollte Ralf aber noch trinken. Er scheint gar nicht genug darüber erfahren zu können, wer jener Mann ist, in dessen Haut Krohn in Kürze schlüpfen soll.

Jetzt erzähl doch mal ein bisschen mehr von diesem Wilfing. Was war das für einer?

Ja, was soll ich sagen … Ich hab den Ordner zugeklappt und dachte: Nicht unbedingt ein Sympathieträger. Keiner, der Frau und Kinder schlägt, aber ein Bier würde ich nicht mit ihm trinken.

Wie auf Stichwort stellt ihnen Markus die Flaschen auf den Tisch. Ralf hebt seine hoch und neigt den Kopf als Zeichen seiner Dankbarkeit – mit ihm trinkt Krohn schließlich.

Weißt du, im Ordner finden sich hauptsächlich Zahlen und Daten, aus denen man sich dann ein Bild bastelt. Daneben ein paar Erinnerungsschnipsel, wahrscheinlich von seiner Frau. Ein Detail, das ich zum Beispiel ganz interessant finde: Wilfing ging jeden Abend mit der Pinzette über sein Gesicht. Er konnte es anscheinend nicht ertragen, wenn ein Haar aus Nase oder Ohr ragte oder zwischen den Augenbrauen stand. Gründlich rasiert war er ohnehin immer. Das ergibt für mich ein Bild von einem Menschen, der perfektionistisch ist und gern die Kontrolle hat.

Vielleicht mit einer Prise Masochismus, wirft Ralf ein.

Ein Mensch, der an den Hebeln sitzt, sich nichts gefallen lässt und auch gern austeilt. Dazu muss man sich nur die Beziehung zu seinem Sohn ansehen. Insofern ist das schon eine interessante Rolle.

Auch in schauspielerischer Hinsicht sei das reizvoller, befindet Ralf: Wer will schon einen Heiligen mimen? Bei einem Typen mit Untiefen kannst du viel weiter gehen, dir Dinge rausnehmen. Daheim ein bisschen den Patriarchen, in der Arbeit das Ekel.

Krohn zupft an dem Etikett der Bierflasche, es lässt sich rückstandsfrei abziehen.

Es ist nur so, ich blättere durch die Mappe und frage mich ständig: Das soll ein Leben sein, das es wert ist, weitergeführt zu werden? Braucht die Welt einen Arno Wilfing?

Krohn klebt das Etikett auf den Tisch und fügt hinzu: Na ja, die Welt braucht Wilfing nicht, aber SemTec. Und die Witwe. Aber warum die ihn braucht, da bin ich mir schon wieder nicht mehr sicher. Ob ihr das gemeinsame Käfigputzen wirklich so wichtig ist …

Vielleicht braucht die Welt deinen Arno Wilfing, sagt

Ralf, der schon etwas lallt. Den Proto-Wilfing. Den besten aller möglichen Wilfings. Da gibt es keine Alternatilfing.

Ist gut, ist gut. Krohn hebt die Schultern: Also, wie würde ein perfekter Wilfing aussehen?

Keine Ahnung, das solltest du allmählich wissen. Jetzt hast du den Schauspielkurs ja hinter dir. Was kommt als Nächstes?

Morgen geht's in die Benimmschule.

Enchanté, ruft Ralf und spreizt den kleinen Finger von der Flasche, woraufhin auf der ganzen Anlage sein räudigstes Lachen zu vernehmen ist.

6

Wir haben reserviert, Krohn, drei Personen. Der Kellner führt sie an den Tisch, Krohn gibt den Frauen den Vortritt. Kaum sitzen sie, fragt Martha ihre Tochter, wie die Promi-Hochzeit gelaufen ist.

Perfekt, strahlt Stella. Die Trauung sowieso, das war ja bis ins Kleinste geplant. Und Shirley, die Hündin, die ich trainiert habe, war unglaublich süß. Man hat richtig gemerkt, dass sie sich mit dem Brautpaar freut. Jedenfalls, sie macht große Augen, jedenfalls habe ich im Anschluss einen fantastischen Auftrag an Land gezogen. Etwas ganz Neues, und wenn das klappt, wäre das eine Riesensache.

Was heißt, im Anschluss? Erzähl schon, fordert Martha.

Serge und Fay, das Brautpaar, sie wollen, dass ich eine Hunde-Hochzeit organisiere. Das heißt, ich hätte die Leitung über die HuHo, für die verschiedenen Punkte, Blumenarrangements, Einladungen, je ne sais quoi, kann ich auf die einzelnen Spezialisten zurückgreifen, die Serge und Fay für ihre Zeremonie hatten. Weil es sich eben um Hunde handelt, würde ich …

Warte kurz, unterbricht Krohn, wer heiratet wen? HuHo?

Hunde-Hochzeit. Shirley, das Mops-Weibchen, das ich letztens dabeihatte. Sie heiratet Hektor, ein Beagle-Männchen. Sollten sie Junge bekommen, wären das übrigens Puggles, das ist eine Mischung, die gerade en vogue ist.

Bist du auch sicher, dass Shirley Hektor heiraten will? Ich meine, wie weiß man …

Martha legt ihre Hand auf Krohns Unterarm. Das bewährte Mittel, ihn zum Schweigen zu bringen.

Noch einmal ermuntert sie ihre Tochter, von der Arbeit zu erzählen.

Seit ein paar Tagen wohnt nicht mehr nur Shirley bei mir, sondern auch Hektor. Die beiden sollen sich aneinander gewöhnen, damit sie bei der Hochzeit, was ja wieder eine Stresssituation bedeutet, eine gewisse Harmonie ausstrahlen.

Du hast jetzt zwei Hunde bei dir zu Hause, auf deinen dreißig Quadratmetern, folgert Krohn. Wie lange wird die Gewöhnungsphase denn dauern?

Die HuHo ist in zwei Monaten. Es ist einiges zu organisieren, das geht nicht von heute auf morgen.

Zwei Monate, das sind in Hunde-Monaten? Krohn versucht es auszurechnen, Stella meint, das könne man nicht so einfach vergleichen, weil es von Hund zu Hund verschieden sei.

Auf jeden Fall eine lange Zeit, die die Tiere ohne ihre Herrchen und Frauchen aushalten müssen. Haben die Hundebesitzer kein Problem damit, ihre Liebsten so lange nicht zu sehen?

Ich schicke Fotos. Wie üblich.

Krohn sehnt sich nach einem Themenwechsel, hat aber keine Lust, Stella von seinen beruflichen Kapriolen zu erzählen. Der Kellner erlöst ihn. Er stellt ein Brotkörbchen auf den Tisch, dazu kleine Schalen mit verschiedenen Aufstrichen.

Wusstet ihr, dass man laut Etikette nicht vom Brötchen abbeißt, sondern mundgerechte Häppchen abbricht, diese beschmiert und dann in den Mund steckt?

Er macht es vor, beide Frauen mimen Entzücken.

Krohn erzählt ihnen nicht, dass er das selbst erst seit wenigen Tagen weiß. Stattdessen: Wenn ich euch schon in ein schickes Restaurant ausführe, sollte auch alles stimmen.

Er hebt sein Weinglas und prostet Martha zu: Auf dich, auf dass dein nächstes Jahr erfreulicher als die letzten ausfallen mag.

Das hoffe ich auch, sagt Stella. Alles Gute zum Geburtstag, Mama.

Martha bedankt sich mit ihrem neuen Lächeln und ihrer neuen Miene, die besagen, dass sie keine der Erfahrungen, die sie gemacht hat, missen möchte. Sie stoßen an, Martha nippt an ihrem Wasser. Krohn ist überrascht, als er einen Lippenabdruck an Stellas Weinglas entdeckt. Nachdem sie auf Promi-Hochzeiten verkehrt, sollte sie wissen, dass man vor dem Trinken die Lippen an der Serviette abtupft, um Fettflecken auf dem Glas zu vermeiden.

Der Kellner bringt die Vorspeise. Eine Consommé mit Gemüseeinlage. Krohn kann die Ellbogen seiner Begleiterinnen auf dem Tisch nicht übersehen. Er bestellt ein weiteres Glas Wein, diesmal den Hauswein, in der Hoffnung, er möge ihn vom hohen Etikettenross werfen.

Martha entschuldigt sich, sie muss auf die Toilette. Kaum ist sie außer Hörweite, sagt Stella: Mama sieht schlecht aus.

Findest du?

Krohn sieht zur Tür, durch die sie den Raum verlassen hat. Er fühlt sich ertappt. Hätte er bemerken sollen, dass sie wieder schlechter aussieht? Ist es wie mit einem Kind? Sieht man sein Kind täglich, bemerkt man nicht, wie es sich entfaltet. Gleiches gilt vielleicht für den allmählich verblühenden Lebenspartner. Aber es geht Martha doch besser, sie hat den Krebs besiegt.

Sie hat noch fast nichts gegessen, stellt Stella fest.

Krohn blickt auf ihren Suppenteller. Die Stoffserviette liegt zusammengefaltet links daneben.

Was sagt denn der Arzt?

Sie meint, er ist zufrieden.

Begleitest du sie nicht?

Ich habe ja selbst gerade einige Termine. Außerdem sagt sie, solange alles in Ordnung ist, braucht sie mich nicht dabei.

Nichts ist in Ordnung. Schau sie dir an.

Was soll das heißen, Krohn lebt Seite an Seite mit seiner Frau, er sieht sie regelmäßig, er *schaut* sie *an*. Wie lange haben sie nichts von Stella gehört, wie oft hat sie ihre Mutter in den letzten Wochen gesehen? Aber das ist Marthas Tag, er will keine Spannungen, er schluckt seine Verärgerung hinunter.

Das dauert eben, bis sie sich wieder gefangen hat. Das wird schon.

Stella ist alles andere als überzeugt und Krohn flüchtet sich in die Menüfolge: Isst du den Fisch oder das Steak? Er weiß natürlich, dass sie vorhin die Gemüsetarte bestellt hat und seit Jahren kein totes Tier angerührt hat.

Als Martha zurückkommt, sagt sie mit einem Strahlen: Ist das nicht wunderbar hier? Danke für die Einladung, Liebling.

Ich wollte meine Frauen endlich einmal stilvoll ausführen, sagt Krohn und sieht ihr in die Augen. Doch eigentlich mustert er sie. Sie ist ein wenig blass, nichts weiter.

Eternal Partners scheint gut zu zahlen, grinst Stella ihren

Vater an. Besser als früher, als Mama noch dort gearbeitet hat?

Ich muss mich ein bisschen mehr ins Zeug legen. Zusatzauftrag.

Ach, Stellas Augenbraue wandert nach oben. Krohn findet einen Grund, nicht weiter darauf einzugehen: im Steak, das ihm der Kellner serviert.

Stella wendet sich an ihre Mutter: Ich hoffe, er sagt wenigstens dir, um welchen Zusatz es sich handelt.

Martha lächelt in sich hinein, während sie in ihrem Fisch herumstochert.

7

Darf ich bitten?

Behutsam löst Krohn das Drahtgeflecht von der Boden-
wanne.

Meine gnädige Frau Euridice, wispert er dem zerzausten
Vogel zu. Der Kanari zeigt kein Anzeichen von Panik.

Herr Orfeo, mir wird die Ehre zuteil, Ihre Räumlichkei-
ten zu reinigen.

Keine hastigen Bewegungen, ordnet Frau Wilfing an.

Keine Sorge, die Vogelschaft ist gänzlich entspannt in
meiner Gegenwart. *Das Resultat einer gekonnt angesagten
Quadrille ist große Begeisterung, ausgelassene Freude und
ein Höchstmaß an guter Laune,* zitiert Krohn den kürzlich
durchgenommenen Benimmratgeber.

Lass uns tanzen, sagt Frau Wilfing und beginnt, den Sand
auf dem Volierenboden auszuwechseln.

Die Vögel tappen auf ihren Sitzstangen vor und zurück,
prüfen Krohn mal mit dem einen, mal mit dem anderen
Auge, während in ihm die Worte der Witwe nachhallen:
Lass uns tanzen. Er hat noch Schwierigkeiten, sich ans Du-
zen zu gewöhnen. Gegen Ende des letzten Dienstes hat die
Witwe angeordnet, er solle ab sofort auch ihr gegenüber
den Arno mimen. Von Neuem hat sie versichert, das sei
keinesfalls als spleenige Anwandlung ihrerseits, vielmehr
als Training für das Treffen mit dem Brasilianer zu verstehen. Denn sollte Pinheiro von seiner Darbietung nicht

überzeugt sein, die Konsequenzen wären katastrophal für die Firma, für die Arno so viel geleistet hat.

Die Kanari müssen die Finger sehen, weiß Krohn, sonst werden sie nervös. Er stellt den Käfig ab und füllt mit bedachten Griffen den Napf mit jener Mischung aus Hartweizengrieß, Haferflocken und Wiesenkräutern, die er zuvor in der Küchenmaschine gemahlen hat. Frau Wilfing zieht die Sitzstangen heraus, reinigt sie und steckt sie wieder zwischen die Drahtstäbe.

Mit sanfter Stimme sagt Krohn: Ihr kennt mich, ja, ihr kennt euren Arno.

Er hält den beiden Vögeln Apfelstücke hin, Orfeo und Euridice fressen ihm aus der Hand.

Als die sonntägliche Volierenwartung beendet ist, gehen Krohn und die Witwe in den Wohnbereich. Krohn überprüft, ob sein Hemd in Ordnung ist, bevor er wieder ins Sakko schlüpft.

Ich hatte vergessen, dass wir heute den Käfig reinigen, sonst wäre ich natürlich nicht im Zweireiher gekommen. Dieser ist wirklich mein Lieblingsstück, wunderbar verarbeitet und der Stoff …

Die Witwe sieht ihn fragend an. Er versteht es als Aufforderung fortzufahren.

Sie fragen sich vielleicht, weshalb ich mich so gut bei Anzügen auskenne. Schneiderei Krohn sagt Ihnen vielleicht etwas. Das waren meine Eltern. Vater war Herrenschneider, meine Mutter hat Kleider entworfen und produziert. Ich bin zwischen Anzügen aufgewachsen, da kommen viele Erinnerungen hoch. Leider musste ich als Jugendlicher miterleben, wie das Familienunternehmen in Konkurs ging.

Krohn sieht an sich hinab: Ich habe mich des Öfteren gefragt, was mein Vater gesagt hätte, wenn er mich in einem der italienischen Anzüge sehen würde. Dass die Italiener die besten Schneider sind, hat er neidlos anerkannt, müssen Sie wissen.

8

Frau Wilfing war sehr ungehalten, sagt die Personalerin mit tadelndem Blick.

Sie sind völlig aus der Rolle gefallen, Herr Krohn, sagt eine enttäuscht dreinblickende PD. Erst fangen Sie wieder mit dem Siezen an, dann erweisen Sie sich als eitler Gockel, ich erinnere Sie an die Stelle im Wilfing-Ordner, sie liest vom Blatt ab, das vor ihr auf dem Tisch liegt: *AW ist stets elegant gekleidet, ohne Äußeres zu betonen; er hasst nichts mehr als eitle Männer*, das heißt, Sie fallen aus der Rolle, und als ob das nicht genug wäre, fangen Sie an, Anekdoten aus Ihrem eigenen Leben zu erzählen.

Die Personalerin fasst zusammen: Frau Wilfing möchte klarstellen, dass so etwas nicht mehr vorkommt.

Nach der Standpauke – ein anderes Wort fällt Krohn dazu nicht ein – fährt er in den fünften Stock. Im Aufzug ist er kurz davor auszurasten, nur gut, dass er nicht allein in der Kabine ist. Wie ein Schulkind haben sie ihn behandelt. Aber auch über sich selbst ärgert er sich. Wie konnte er so aus der Rolle fallen? Wieso fängt er an, vor der Witwe von seinen Eltern zu erzählen und von Maßanzügen zu palavern? Und merkt es nicht einmal – nach dem ganzen Wilfing-Training.

Er atmet ein paarmal tief durch, bevor er das Büro der autorisierten Instanz für die letzte Ausbildungsphase betritt. Herr Rashid kommt ihm entgegengeeilt. Er reicht ihm die

Hand und führt Krohn zu einem Stuhl auf der anderen Seite des Tisches. Rashid ist Anfang dreißig mit zwei dynamischen Strichen als Augenbrauen. Er deutet auf eine Karaffe Wasser, die auf einer Konsole neben Krohn steht. Als Krohn annimmt, schießt er hoch, fegt um den Tisch zur Konsole und schenkt ein. Dabei taxiert er seinen Gast mit einem belustigten Blick, ganz so, als hätte er ihn schon einmal gesehen, nur wüsste selbst nicht wo.

Als er auf seiner Seite des Tisches wieder Platz nimmt und Krohn am Wasserglas nippt, sagt er: Ja, die Ähnlichkeit ist durchaus vorhanden.

Natürlich, er wird mit Wilfing verglichen. Gesicht – achtundsiebzigprozentige Übereinstimmung, Krohn hat es schwarz auf weiß. Die Aufgabe von Rashid ist nun, die achtundsiebzig in Richtung hundert zu treiben. Krohn fällt ein, dass er nur wenige Bilder von Wilfing kennt, das Passbild, das sich im Ordner befindet, und die kurzen Filme, die er mit der PD studiert hat. In den Regalen im Flur zum Kanarizimmer stehen nur Rahmen mit Fotografien der beiden Wilfing-Kinder. Seltsamerweise gibt es sonst keine Fotografien in der Villa, weder von Arno noch von Ingrid Wilfing.

Die Nase, unterbricht Rashid Krohns Gedanken.

Bitte?

Die Nase sitzt mitten im Gesicht.

Krohn nickt. Rashid hat zweifellos recht.

Dass Ihr Gesicht eine Spur schmaler ist als das von Herrn Wilfing, lässt sich mit einer Diät erklären. Weshalb die Nase auf einmal eine andere Form hat, das ist schon heikler. Ihr sollten wir fürs Erste unsere ganze Aufmerksamkeit schenken.

Gut … Das heißt?

Ich habe Ihnen eine Interimsnase modelliert, die Sie in den kommenden Tagen probehalber tragen sollten. Das ist schon eine kleine Umstellung, wenn plötzlich ein fremder Gegenstand ins Gesichtsfeld ragt. Gesichtserker – ich liebe diese Bezeichnung, kennen Sie bestimmt, oder?

Rashid scheint sich köstlich zu amüsieren.

Ja, Training hat oberste Priorität, wir wollen nicht, dass Sie in Gegenwart der Brasilianer das Gleichgewicht verlieren.

Vor sich hin kichernd, legt Rashid einen kleinen Karton auf den Tisch, aus dem er eine Nase hervorholt: Ich zeige Ihnen, wie es gemacht wird.

Schon ist er wieder auf Krohns Seite des Tisches und dabei, eine Kunststoffnase über dessen Riechorgan zu stülpen. Er tritt einen Schritt zurück und lobt das Resultat derart enthusiastisch, dass Krohn auf seinen Protest vergisst.

Viel besser. Viel mehr Wilfinghaftigkeit.

Die Personal Developerin und ich haben uns auf den Begriff Wilfingigkeit geeinigt.

Großartig!, ruft Rashid und holt einen Spiegel, den er auf den Tisch stellt. Ein Blick und Krohn fühlt sich wie eine lebendig gewordene Karikatur. Rashid hält nun eine Schminkdose und einen Pinsel in der Hand: Den Übergang müssen Sie etwas ebenmäßiger gestalten, so – Am besten, Sie verwenden diese getönte Tagescreme, die entspricht Ihrem natürlichen Teint. Versuchen Sie es bitte einmal selbst.

Die erste Konvergenz-Sitzung dauert keine Stunde, Krohn verlässt das Gebäude aber als anderer Mensch. Als er die Wohnung betritt, bleibt er stehen und lauscht, ob Martha da ist. Von der Küchennische ist leise Radiomusik zu hören. Krohn schafft es, unbemerkt ins Badezimmer zu gelangen, wo er die Nase abzieht und sich das Gesicht wäscht. Aber was soll die Heimlichtuerei? Rashid hat ihm als Hausaufgabe aufgetragen, morgen *mit im Rest-Gesicht integrierter Nase* bei ihm zu erscheinen. Er wird in der Früh einige Zeit vor dem Badezimmerspiegel verbringen, vielleicht kann ihm Martha bei seiner Verwandlung unter die Arme greifen.

9

Die Tage der Wilfing-Werdung sind gezählt. Die PD schüttelt Krohn die Hand und erinnert ihn noch einmal: Das Um und Auf ist die Au-then-ti-zi-tät.

Genussvoll holt Krohn zu einer letzten Gegenrede aus: Ist das nicht ein Widerspruch? Sie zwängen mich in eine fremde Rolle, wie soll ich da authentisch sein?

Meine Aufgabe als Personal Developerin besteht darin, Ihre Persönlichkeit zu entwickeln.

Ich habe Persönlichkeit genug, winkt Krohn ab. Wir reden doch von Wilfings Persönlichkeit, die ich mir überziehe.

Nicht ganz. Sie sollen als Person plausibel erscheinen.

Das heißt, ich soll eine gemeinsame Schnittmenge mit Wilfing finden?

Versuchen Sie, Wilfings Persönlichkeit, soweit Sie sie inzwischen kennen, im Hinterkopf zu behalten. Im Idealfall treten Sie als Ihre eigene Person, also Anton Krohn, auf, während Sie Arno Wilfing verinnerlicht haben. Dadurch treten Sie authentisch auf.

Krohn hat tagelang über dem Wilfing-Ordner gesessen, er weiß so gut wie alles über ihn. Wilfing müsste in seinem Hinterkopf angekommen sein. Jetzt heißt es also nur: natürlich auftreten. Endlich Schluss mit der Frage: Wie würde Arno Wilfing in dieser Situation reagieren? Was würde Arno Wilfing an dieser Stelle sagen? Lauter reden. Etwas langsamer. Nun gut, seine eigene Biografie samt Familienge-schichte sollte Krohn ausblenden, das wurde ihm unmissver-ständlich nahegelegt. Zurück bleibt nichts als Arno Wilfing.

Soll das heißen, dass wir fertig sind?, fragt Krohn die PD.

Das soll heißen, Sie können als Arno Wilfing in der Öf-fentlichkeit auftreten, sagt die PD mit zufriedenem Lä-cheln: Ich freue mich und bin gespannt. Sie strahlen eine Authentizität aus, die mich begeistert. Ich bin überzeugt, dass Sie einen großartigen Wilfing abgeben.

Krohn ist motiviert, seinen großartigen Wilfing vorzufüh-ren. Am Nachmittag versucht er sich gegenüber der Witwe an Wilfings komödiantischer Seite.

Da war ein Schild, auf dem stand: *All animals are dange-rous.*

Krohn hebt entschuldigend die Schultern: Ich habe ge-sagt, der Witz ist schlecht. Du wolltest ihn hören.

Er verfüge über einen ausgeprägten Sinn für Humor, hat ihm der Wilfing-Ordner versichert (Seite 43). Die Witwe schätzt Humor, offensichtlich. Ein weiteres Mal bezeugt sie Krohn, dass er sie zum Lachen bringe, so wie früher. Sie be-rührt dabei seinen Oberarm und ihr Blick erschwert es ihm, diese Geste zu übergehen. Blickt sie jedem so in die Augen? Krohn fehlt der Vergleich, er hat sie bislang nur einmal bei Eternal Partners in größerer Runde erlebt. Gilt ihr Spiel mit dem Blick Krohn oder ihrem Mann? Ihre Blicke treffen sich noch einmal, wieder sagt sie nichts, schaut ihn nur an, wäh-rend die Mundwinkel leicht nach oben wandern.

Krohn sucht den Raum nach einem möglichen Themen-wechsel ab. Da er nichts findet, bleibt er bei der Giraffen-statue.

Ich frage mich da gern, was mehr gekostet hat, Anschaffung oder Transport, sagt Krohn.

Geld spielt in diesem Haushalt keine Rolle, er weiß das. Man spricht nicht darüber, ihm ist auch gleichgültig, wie viel man bei der Gepäckabgabe in Johannesburg für eine mannsgroße Giraffenstatue hinblättert. Er will nichts weiter, als diesen Moment hinter sich zu bringen.

Die Witwe dreht sich um und geht zur Kücheninsel. Sie umkreist das Pult, bis sie Krohn gegenübersteht und sich wie eine Barkeeperin in Erwartung der Bestellung abstützt: Wie wäre es mit einem Drink?

Ich versuche, weniger zu trinken. Einfaches Wasser für mich.

Bei der PD war das überzeugender. Komm schon, Krohn, mach den Wilfing. Er setzt ein Mhm hinten dran, runzelt die Stirn und nickt gewichtig.

Die Witwe verharrt in ihrer Position und schaut ihn an.

Ach, was soll's, sagt er laut. Was trinkst du denn? Ich nehme auch einen.

Sie öffnet den Kühlschrank, zieht zwei Flaschen heraus und sagt: Mach es dir bequem.

Ihr Kopf weist in Richtung Sofalandschaft. Krohn hätte den Esstisch bevorzugt, aber sich dort gegenüberzusitzen, hätte nur zur nächsten unangenehmen Situation geführt.

Er umkreist das Sofa und setzt sich in einen der Polstersessel. Durchs Panoramafenster beobachtet er das Spiel der Blätter, bis eine Lücke in der Knopfleiste des Hemds seine Aufmerksamkeit in Beschlag nimmt, ihn das wiederholte Zuschlagen der Kühlschranktür oder das sekundenlange Eiswürfelklimpern überhören lässt. Erst das leise, träge Klacken kleiner Eisblöcke gegen Glaswände nimmt er wahr: Ingrid Wilfing nähert sich, zwei Martinigläser in Händen. Sie setzt sich nicht aufs Sofa und nicht in einen der anderen Polstersessel, sondern nimmt anmutig auf der breiten Lehne zu Krohns Rechten Platz.

Wie du es magst – so wenig Wermut wie nötig, so viel Gin wie möglich.

Sie hebt das Glas und sieht ihn erwartungsvoll an. Auch Krohn hebt das Glas, das scheint ihr aber zu wenig.

Ich warte auf einen Toast, Arno.

Ein Schinken-Käse-Witz ist entschieden deplatziert, mit dem Dangerou-Kalauer vorhin hat er den Bogen für diesen Arbeitstag maximal gespannt.

Auf die wiedererlangte Zweisamkeit, versucht es Krohn und hebt das Glas ein wenig höher.

Auf die neue Qualität der wiedererlangten Zweisamkeit, berichtigt Ingrid Wilfing und hebt auch ihr Glas etwas an.

Neue Qualität? Krohn kommt der leise Verdacht, dass Ingrid ihren Arno in manchen Details gern etwas nachbessert.

10

Also wer von uns beiden ist nun der Chef in diesem Laden?

Krohn merkt, dass er mit seiner Anrede kräftig am Stolz des CEO-in-Warteschleife gerüttelt hat. Mit eingefrorenen Mundwinkeln sagt Schirmer: Bis auf Weiteres sind Sie das.

Nichts für ungut, entgegnet Krohn und bemüht sich, das Thema zu wechseln: Was gibt's zu tun?

Ich führe Sie ein wenig herum, wir haben noch Zeit bis zu Ihrer wöchentlichen Motivational Speech.

Seine erste Motivational Speech – Krohns Feuertaufe.

Er kann nicht behaupten, unvorbereitet zu sein. Die PD hatte ihm einen Trainingstext mitgegeben, der allerdings voller Business-Plattitüden war. Es ging um die Zusammengehörigkeit innerhalb des Unternehmens, um zu ergreifende Entwicklungsmaßnahmen, weil es nach wie vor die Konkurrenz gebe, die stetig aufhole. Das ewige Blabla der Managementetage konnte Wilfing aus dem Ärmel schütteln, das muss man ihm lassen. Gemeinsam mit der PD hat Krohn sich Videos angesehen, die Wilfing bei derartigen Reden zeigten. Anhand des Gesehenen haben sie Mimik, Gestik und Artikulation erarbeitet, die er heute also zur Schau tragen soll.

Davor geht er aber mit Schirmer durch lichte Korridore, über Brücken, die die verschiedenen Abteilungen miteinander verbinden. Sie begegnen Kaffeeautomaten, gemütlichen Sitzecken, Küchenzeilen, sogar Tischfußball-Tischen und einem Dart-Automaten. Im Foyer hängt ein Basketballkorb.

Sieht doch ganz angenehm aus, sagt Krohn, erinnert fast an ein Freizeitzentrum.

Lassen Sie sich nicht täuschen, raunt ihm Schirmer zu. Als er sieht, dass Krohn ihn nicht versteht, präzisiert er: Die Angestellten können ihre Freiheiten schon genießen, aber auf den Screens präsentieren wir ihnen täglich ihre Achievements. Wenn die Kennzahlen zu niedrig sind, was sie in getakteter Regelmäßigkeit sind, machen sie sich gegenseitig Druck. Niemand will der Bremsklotz sein und verzichtet lieber auf Qualitytime.

Ist das nicht zu leicht zu durchschauen?, fragt Krohn.

Anweisungen oder gar Drohungen von oben sind schon lange passé, gegen Informationen kann man aber nichts einwenden, oder?

Dezent beugt sich Schirmer zu Krohn und senkt ihm gegenüber erstmals die Stimme: Die Angestellten wissen ja nicht, dass die Zahlen vom Management kommen. Die denken, das sind Quantitäten, die der Markt von ihnen fordert. Unglaublich, was ein paar hingeworfene Zahlen bewirken können. Indirekte Lenkung nennen wir das im Management.

Clever, denkt Krohn.

Der Dart-Automat funktioniert schon seit Wochen nicht mehr, sagt Schirmer. Ist niemandem aufgefallen.

Eine Melodie ist zu hören, einige Takte eines ehemaligen Sommerhits. Krohn sieht Schirmer an, auf dessen Gesicht sich Vorfreude abzeichnet: Das Zeichen für Ihre Motivational Speech. Ich bin gespannt.

Natürlich ist er gespannt. Krohn erkennt, dass Schirmers

Eitelkeit letztlich stärker ist als sein Wunsch nach erfolgreichem Geschäftsabschluss. Schirmer will ihn versagen sehen.

Der Moment ist gekommen. Wie wird die Belegschaft reagieren, wird sie das absurde Spiel mitmachen? Für Zweifel ist keine Zeit, Mayer begleitet Krohn zur zentralen Brücke, die die vier Himmelsrichtungen verbindet. In einem der Schulungsfilme stand Wilfing genau dort, wo Krohn jetzt steht. Vielleicht hatte er sogar den gleichen Anzug an. Wilfing begann seine Rede mit den Worten: Wir alle – gemeinsam – sind SemTec.

Krohn erhebt den Blick zu den hinter Glasbalustraden aufgereihten Angestellten.

Er sieht die eine oder andere interessierte Miene, die zu ihm herabblickt. Natürlich, man ist gespannt, den Wiederauferstandenen zu sehen.

Dem Assistenten scheint Krohns Rundum-Blick zu lange zu dauern. Er nimmt ihm mit einem *Dürfte ich* sanft das Mikrofon aus der Hand und wendet sich an die Belegschaft: Unser CEO, Herr Wilfing, wird …

Da beschließt Krohn, dass es an der Zeit ist, keine Skrupel mehr zu haben. Was ist zu verlieren? Genau: Nichts. Er hat nichts zu verlieren. Er kann hier nur gewinnen. Und sein Gewinn wird überzeugend sein. Mit Zauderhaftigkeit wird er das nicht erreichen. Denn Arno Wilfing war kein Mann des Zögerns, sondern ein Mann der Tat. Es ist Zeit, ohne Rücksicht vorzupreschen.

Krohn holt sich das Mikrofon zurück: Schon klar, Mayer, die Leute wissen, was jetzt kommt. Sie erwarten den wöchentlichen Sermon, das sehe ich an den eingeschlafenen Gesichtern. Wir alle, gemeinsam, sind SemTec, so, das wäre geschafft.

Krohns Puls rast. Und er genießt es. Wie die Spannung mit jedem Augenblick, in dem er nichts sagt, steigt. Er lauscht dem Räuspern, kostet das Gemurmel dort oben hinter den Balustraden aus. Das Publikum ist geweckt, sie hängen an deinen Lippen. Arno Wilfing, was wirst du als Nächstes sagen?

Ich war eine Weile nicht hier, habe mich sozusagen neu erfunden. Ich habe einen Wandel vollzogen.

Wieder legt er eine Pause ein. Natürlich wissen sie, dass ihr CEO bis vor Kurzem als tot galt. Wie reagieren sie?

Man schaut interessiert.

Wandel. Auch so ein Wort, das aus dem Mund eines CEO wenig glaubwürdig klingt. Dieser vielbeschworene Change. Das haben Sie in Ihren Fortbildungsseminaren mindestens so oft gehört wie Performance oder Achievements, stimmt's? Dabei ist der Einzige, dessen Changes Sie hören sollten, David Bowie. Ch – Ch – Ch –

Blicke, die sich verstohlen treffen. Krohn weiß, dass er sich weit hinauslehnt in seiner Performance. Der Weg zurück ist verstellt, aber Krohn hat das Gefühl, die Anwesenden akzeptieren die Auferstehung eines Arno Wilfing, wie sie ihn bislang nicht kannten: Keine Sorge, ich weiß, dass Sie keine Bowie-Improvisation von mir hören wollen. Aber wie wär's, wenn wir nächste Woche statt meiner Ansprache einfach gemeinsam »Changes« von Bowie hören. Hier, in voller Lautstärke. Wäre das nicht die richtige Motivation, um in die Woche zu starten? Die Jüngeren unter Ihnen kennen den Song wahrscheinlich gar nicht, sagt er und stimmt an: Turn and face the strange, Ch-Ch-Changes, Don't want to be a richer man. Jetzt hab ich's doch gemacht, entschuldigen Sie, stimmlich bin ich nur ein C-Player, oder? Na gut, nächste Woche überlasse ich Bowie die Bühne. Und vielleicht wechseln wir auch gleich den unsäglichen Sommerhit-Jingle aus, das werden wir evaluieren lassen, Mayer, ja?

Der Assistent nickt verdattert: Ja, hervorragende Idee. Bowie.

Ich wünsche Ihnen allen eine schöne Woche, wendet er sich noch einmal an die Belegschaft. Arbeiten Sie, aber arbeiten Sie nur, solange es Spaß macht. Pausen sind wichtig.

Er nickt dem Assistenten zu und gemeinsam gehen sie ab. Nicht zu schnell, es soll keineswegs an eine Flucht erinnern. Nein, Flucht war das keine, und wenn, dann nach vorn. Krohn hat neues Terrain abgesteckt, weiträumig. Wilfing ist wieder da, und zwar größer als je zuvor, greater than life:

Arno Wilfing 2.0.

Im Flur treffen sie auf Schirmer und die PD. Beide wirken angespannt. Bei dem einen nichts Neues, bei der anderen schon.

Schirmer weiß offenbar nicht, was er sagen soll, also bekommt die PD den Vortritt: Eine ungewöhnliche Darbietung, Herr Krohn. In der Gesamtkomposition jedoch durchaus stimmig. Ich bin beeindruckt.

Ein Ruck geht durch Schirmer, er blickt die PD zweifelnd an: Finden Sie? Also ich, ich muss schon sagen, das war ein durchwegs unprofessioneller Auftritt, Herr Krohn …

Herr Wilfing, berichtigt die PD.

Ich möchte Ihnen nicht zu nahe treten, aber im Vergleich zu früheren Motivational Speeches war das sehr …

Wichtig ist doch die Wirkung, die Herr Wilfing mit seiner Ansprache erzielt hat, sagt die PD. Er hat Emotionen geweckt, eine Aufbruchsstimmung erzeugt. Genau das ist der Sinn derartiger Reden.

Krohn kann nicht widerstehen, die Vorlage der PD anzunehmen: Wie wir sicher alle wissen, ist Authentizität das Um und Auf. Die Mannschaft hat einfach gemerkt, dass ich ungefiltert das sage, was durch meinen Kopf geht.

Schirmer macht einen Schritt auf Krohn zu: Hören Sie mal, hier geht es um die Zukunft der Firma, Arbeitsplätze. Mir fehlt der gebührliche Ernst Ihrerseits. Vielleicht sollte man weiter daran arbeiten, dass durch Ihren Kopf das Richtige geht.

Jetzt mal im Ernst, entgegnet Krohn, wenn Ihnen meine Herangehensweise nicht passt, dann suchen Sie sich einen anderen Clown, der Ihnen den Wilfing macht. Das könnte aber schwierig werden, möchte ich zu bedenken geben. Der Brasilianer kommt in zwei Wochen. So schnell werden Sie keinen besseren Wilfing aufgabeln.

Schirmer wendet sich an die PD: Ich denke, Eternal Partners hat weitere Einheiten in Personal Development geplant? Damit das Ganze weniger lachhaft wirkt?

Ich kenne Arno Wilfing in- und auswendig. Ich bin hier der Wilfing-Performer – und Performance ist alles, schließt Krohn mit einem Griff an die Augenbraue.

Eine junge Frau kommt auf sie zu. Mayer beugt sich zu Krohn und lässt ihn wissen, dass es sich um Frau Sokal von der Entertainment-Abteilung handelt.

Wir haben eine Entertainment-Abteilung?

Selbstverständlich, sagt Mayer, die Konkurrenz verfügt seit Jahren über derartige Abteilungen, wir waren diesbezüglich eher Nachzügler.

Herr Wilfing, schön, dass Sie wieder da sind, meldet sich Frau Sokal zu Wort, als sie sich der Aufmerksamkeit der Umstehenden sicher ist, das ist wirklich eine vortreffliche

Idee, »Changes« von Bowie. Wie sind Sie nur darauf gekommen, wenn ich fragen darf.

Ich habe eine Music-Taskforce eingesetzt, lautet die erste Idee, die Krohn kommt.

Eine Music-Taskforce? Sokal schwankt zwischen Bewunderung, Neugier und Verunsicherung. Ein großartiger Einfall, sagt sie schließlich.

Mich überrascht, dass das unserer Entertainment-Abteilung nicht schon viel früher eingefallen ist, knurrt Schirmer dazwischen.

Wir sollten uns mal an einen Tisch setzen, Frau Sokal, sagt Krohn. Ich bin der Meinung, wir sollten dem Entertainment einen neuen Stellenwert beimessen. Vielleicht können wir ja gemeinsam neue Ideen zum Laufen bringen.

Eine leichte Röte überzieht Sokals Gesicht: Gern, jederzeit, Herr Wilfing.

Entschuldigen Sie, neben ihnen steht ein untersetzter Mann, der verlegen in die Runde blickt und sich dann an Krohn wendet. Ich habe eben bemerkt, dass der Dart-Automat nicht funktioniert. Da sollte man vielleicht was machen.

Wir werden sofort etwas unternehmen, nickt Krohn seinem Assistenten zu, der sein Smartphone zückt und eine Nummer wählt.

Ich bin übrigens ein großer Bowie-Fan, verabschiedet sich der Angestellte.

11

Die Personalerin kommt wie immer gleich zum Punkt: Es gab Bedenken seitens Herrn Schirmer, ob Sie zureichend mit Ihrer Rolle vertraut sind. Wir wollen Ihnen die Möglichkeit bieten, in einer intensiven Phase weiter in die Aufgabe hineinzuwachsen. Eternal Partners erklärt sich deshalb bereit, Ihre Stunden aufzustocken, sowohl im Wilfing-Haus als auch bei SemTec.

Sicher wisse Krohn die Vorteile längerer Dienstblöcke zu schätzen, Freizeitperioden wachsen entsprechend, und natürlich sei nicht zu vergessen, dass auch das Gehalt kumulativ steige.

Krohn sieht sich den Vertrag genau an. Nachtdienstpauschalen, Wochenendzuschläge, wie er gesagt hat, hier gibt es einiges zu holen. I *want* to be a richer man!

Krohn hängt sein Sakko in die Garderobe, und während er seine Ärmel hochkrempelt, liest er die Getränkeliste durch: Cho Cu, die vietnamesische Variante des Mai Tai, das klingt doch interessant, willst du auch einen Cho Cu als Aperitif?

Die Nase sitzt und das Du schlüpft inzwischen auch schon leichter über die Lippen. Hineingefunden hat er, indem er über die Vögel sprach: Orfeo hat gesungen, hast du gehört? Euridices Gefieder glänzt in letzter Zeit richtiggehend, findest du nicht?

Heute geht es aber nicht um ihre Vogelkinder – heute

kommen die menschlichen zu Besuch. Krohn sieht dem sonntäglichen Mittagessen entspannt entgegen, schließlich ist es längst an der Zeit, dass die Kinder ihren neuen Vater kennenlernen.

Er sieht zu, wie Mr. Lien zwei Cho Cus zubereitet, bevor er sich wieder seinen mitgebrachten Wok-Töpfen zuwendet. Ein- bis zweimal wöchentlich lässt Frau Wilfing einen Koch von Book-a-chef kommen, um ein wenig Exotik in den Menüplan zu bringen – die Künste ihrer Haus-Köchin liegen in mitteleuropäischen Gerichten.

Die Eingangstür wird geöffnet und die Wilfing-Tochter betritt das Haus. Valerie, eine karriereorientierte Frau, in allen Lebensbereichen Disziplin an den Tag legend, summiert Krohn die Informationen aus dem Wilfing-Ordner. Valerie macht von Anfang an klar, dass sie ungern hier ist: Sie gibt ihm die Hand wie einem Geschäftspartner, dem man nicht über den Weg traut, und setzt sich mit einem deutlichen *Bringen wir's hinter uns* an den Tisch.

Wir warten noch auf Julius, sagt Ingrid Wilfing. Willst du auch einen vietnamesischen Mai Tai?

Cho Cu, hören sie von der Kücheninsel. Mr. Lien verbeugt sich tief: Jederzeit gern.

Valerie verdreht die Augen und schenkt sich Wasser ein.

Ein wenig Smalltalk könnte nicht schaden, befindet Krohn: Hattest du eine erfolgreiche Arbeitswoche?

Valerie ignoriert ihn. Sie blickt zu Ingrid Wilfing und sagt: Damit das klar ist, ich bin nur deinetwegen hier, Mutter.

Krohn hört die Türglocke. Offenbar hat Julius keinen Hausschlüssel. Die Witwe geht zur Gegensprechanlage und drückt den Türöffner. Wenig später sehen sie das schwarze

Schaf der Wilfings über den Schotter schlurfen. Einmal Wohlstandsverwahrlosung pro Elitefamilie, das ist vermutlich Durchschnitt. Wobei es der Sohn der Wilfings ziemlich weit getrieben hat. Die Informationen im Ordner sind diesbezüglich lückenhaft. Er hat mehrere, von Arno Wilfing finanzierte Entzüge hinter sich, zuletzt war er untergetaucht.

Julius begrüßt die Anwesenden, indem er mit beiden Händen kurz und ungelenk winkt. Die Mutter geht zu ihm, umarmt ihn und küsst ihm die Stirn, was er mit nervösem Glucksen quittiert. Er wischt sich die Stirn ab und nickt Krohn zu: Hallo, Papa.

Er wirkt angespannt, der neue Familienvorstand ist bemüht, eine entspannte Atmosphäre zu schaffen – schließlich ist Krohn nicht weniger nervös: Keines der beiden Kinder hat ihn engagiert, den toten Vater zu ersetzen.

Schön, dass du kommen konntest, sagt Krohn zu Julius. Dann wären wir ja komplett.

Krohn fragt sich, ob Julius high ist. Sein Blick ist fokussiert, er wirkt konzentriert, aber auch gestresst. Er setzt sich an den Tisch, seiner Schwester gegenüber. Die beiden sehen sich nicht an, sondern auf die Teller vor sich.

Zeit, den jovialen Arno Wilfing hervorzuholen. Ein lachender Familienvater: Ihr sitzt da wie zwei kleine Kinder, die eine Fensterscheibe eingeschossen haben und auf ihre Strafe warten. Wie wär's mit ein bisschen guter Laune?

Julius lacht übertrieben, während sich auf Valeries Nasenwurzel eine Falte bildet. Krohn weicht ihrem Blick aus.

Schon gut, sagt sie, können wir mit dem Essen beginnen?

Mr. Ling, sagt Ingrid Wilfing, wir möchten anfangen.

Ein lautes Zischen ist zu hören und sie sehen eine Dampfwolke, die vom Herd aufsteigt und im Dunstabzug verschwindet. Sofort, meine Dame, ruft der vietnamesische Koch. Man hört ein weiteres Zischen und: Ich bin gleich fertig!

Krohn und Frau Wilfing setzen sich zu den Kindern, derweil Mr. Lien mehrfach mit Schüsseln zwischen Kücheninsel und Esstisch hin- und herrennt. Als er fertig ist, tritt er einen Schritt zur Seite und verneigt sich tief. Frau Wilfing erwidert mit einem Kopfnicken, worauf sich Mr. Lien zurückzieht.

Wenn Krohn den kleinen, alten Mann auf seinem Schemel sitzen sieht, kann er sich schwer vorstellen, dass Mr. Lien jahrelange Erfahrung als Chefkoch in einem Hanoier Nobelrestaurant mitbringt, wie es auf seinem Profil heißt. Die dampfenden Gerichte auf dem Tisch lassen aber jeden Zweifel zerlaufen.

Ingrid Wilfing kennt die kulinarischen Vorlieben der Anwesenden – ausgenommen des vietnamesischen Kochs natürlich. Das schmeckt dir, sagt sie zu Krohn und schiebt ihm eine Schale mit knusprig gebratenen Teigrollen zu. Und wirklich, sie schmecken hervorragend und bilden keine Hürde für Krohns Etikettenkünste – in seiner Fantasie existierte ein Schreckensszenario, in dem eine Nudelsuppe und Stäbchen prominente Rollen spielten.

Ich dachte, es wäre eine gute Idee, wenn Julius noch eine Chance bei SemTec erhält, wendet sich Ingrid Wilfing an die Runde. Du hast in den letzten Wochen eine ganz neue Stabilität bewiesen, Julius.

Der Angesprochene sieht seine Mutter überrascht an, dann schnell wieder auf sein Reisgericht. Kein Augenkontakt mit dem Vater. Die letzte Chance, die er erhalten hat, muss gründlich schiefgelaufen sein. Krohn zweifelt kurz daran, ob Julius überhaupt mitbekommen hat, dass er nur ein Darsteller ist. Er scheint aber nicht so weit entrückt, dass ihm der Tod des eigenen Vaters hätte entgehen können.

Irgendetwas wird sich doch finden lassen, hakt die Witwe nach.

Ich weiß nicht, ob das so einfach …

Wilfing-Ordner, Seite 73: *Auf die Tochter blickt AW mit väterlichem Stolz (Zielstrebigkeit, berufliche Erfolge), dagegen werden gern die Defizite des Sohnes betont (äußere Erscheinung, v.a. Zustand der Kleidung, aktuelle Frisur; missglückte Versuche auf dem Arbeitsmarkt etc.):* Beziehungsweise bin ich mir nicht sicher, ob es sinnvoll wäre. Erinnern wir uns an das letzte Mal.

Die Witwe kontert: Ich habe schon gesagt, dass er seit Monaten eine Stabilität an den Tag legt …

Vorhin waren es noch Wochen, wirft Krohn ein, eingedenk der Informationen auf Seite 82: *Bei Meinungsverschiedenheiten tendiert AW dazu, dem Gesprächspartner die eigenen Worte im Mund umzudrehen. Weitere Strategien: (genaues Datum) hast du gesagt (gegenteilige Aussage) / Du widersprichst dir selbst, fällt dir das überhaupt auf? / Hochgradig lächerlich ist diese ganze Konversation!*

Mehrere Wochen werden zu Monaten, so funktioniert die Zeitrechnung nun mal, Liebling. Das Liebling betont sie mit einer Kälte, die am ganzen Tisch Gänsehaut hervorruft und Krohn eiligst überschlagen lässt, welchen Weg er wählen sollte: sich weiter am Wilfing-Ordner orientieren oder den Wünschen der Witwe entsprechen. Er will nicht noch einmal zur Personalerin zitiert werden.

Arno, du bist der CEO, sagt die Witwe. Wo wäre die

Firma ohne dich? Wenn du Julius eine Stelle gibst, dann ist das eben so. Punkt. Du könntest sogar eine Stelle für ihn erfinden und niemand würde etwas sagen.

Krohn lacht, etwas gezwungen, aber zugleich gönnerhaft.

Lasst uns nachdenken, fordert Ingrid Wilfing, worin bist du gut, Julius?

Julius' Augen wandern panisch durch den Raum, bis sie endlich etwas gefunden haben: Na ja, so mit Kunstsachen kenne ich mich ein wenig aus. Performance, vielleicht Musik, oder …

Head of Music-Taskforce, ruft Krohn. So leicht kann's gehen, du kommst wie gerufen für SemTec.

Der Wilfing-Sohn nickt wenig überzeugend.

Was hältst du von David Bowie?

Kenn ich, ja.

Bestens. Dann hör dich heute Abend noch ein wenig rein und morgen kommst du zu mir ins Büro.

Julius sieht seine Mutter an, die ihm ermunternd zunickt.

Na wunderbar, kann Valerie nicht länger an sich halten, und als Nächstes bin ich dran. Was hast du mit mir im Sinn, Mutter? Soll ich endlich ein Instrument lernen? Hast du mir schon einen Klavierlehrer besorgt? Wann soll es losgehen, ich kann's kaum erwarten.

Valerie, das reicht, sagt Ingrid Wilfing.

Valerie knallt ihre Stäbchen auf den Tisch und funkelt ihre Mutter an: Ja genau, es reicht. Mir reicht es, mit diesem Theater.

Ein Stuhlquietschen und ein Türwurf später sitzen sie nur noch zu dritt um den Tisch. Ingrid Wilfing wendet sich an Krohn: Valerie war schon immer das Temperamentsbündel in der Familie, das kommt von deiner Seite.

Krohn hebt ratlos die Hände. Über seine Vorfahren fanden sich kaum Informationen im Ordner, über Ingrids Seite überhaupt keine.

Als sie aufgegessen haben und Herr Lien abräumt, fragt Krohn um einen vietnamesischen Kaffee. Julius lehnt ab.

Kaffee hat Julius nie gemocht, sagt Ingrid Wilfing. Sollte Krohn das wissen?

Als die Tassen geleert sind, verabschiedet sich Julius. Morgen früh im Büro, erinnert ihn Krohn.

Ist doch gut gelaufen, summiert Ingrid Wilfing, als sie Julius durchs Panoramafenster hinterherblicken. Valeries Szene darf man nicht ernst nehmen, das ist heute nicht zum ersten Mal passiert. Ich frage mich, was man da machen könnte.

Ist wohl etwas spät, um erzieherisch einzugreifen, scherzt Krohn, obwohl er sich unwohl fühlt: Sein Puls ist ungewöhnlich hoch. Ihm wäre nicht aufgefallen, dass der Kaffee so stark war. Er versucht, ruhig durchzuatmen, während Ingrid Wilfing sagt: Ich bin der Ansicht, dass eine gute Mutter die Familienfäden jederzeit in der Hand halten sollte.

Krohn sagt wenig überzeugend, er hätte das gern ausführlicher erklärt. Denn eigentlich wundert er sich über das auftretende Jucken am Gaumen. Die Witwe winkt ab: Väter verstehen das nicht.

Das Jucken nimmt zu und mit einem Mal verengt sich auch die Speiseröhre. Krohn reißt den Mund auf, wird panisch, schreit, keucht, röchelt und verliert schließlich das Bewusstsein.

12

Es ist Frau Wilfings ausdrücklicher Wunsch, dass wir dieses Gespräch mit Ihnen führen.

Die PD ergreift das Wort: Frau Wilfing kann Fäkalsprache nicht ausstehen. Sie möchte klarstellen, dass derartige Wörter nicht zum Vokabular ihres Mannes zählten.

Schon klar, sagt Krohn. Aber vielleicht sollten Sie Frau Wilfing eine Gebrauchsanweisung zu meiner Person geben, sie muss ja nicht so ausführlich sein wie die, die ich über ihren Mann studieren musste.

Das können wir leider nicht verlangen, sagt die Personalerin mit einem müden Lächeln.

Können wir uns auf eine Auflistung von Allergien einigen?

Ich denke, das sollte machbar sein. Frau Wilfing ist ja auch nicht glücklich über die gestrigen Ereignisse. Arno Wilfing liebte Avocados, damit konnte sie nicht rechnen.

Sie sollten es auf jeden Fall vermeiden, ein weiteres Mal so aus der Rolle zu fallen, sagt die PD. Frau Wilfing war sehr aufgebracht.

Sie hatten Glück, dass der vietnamesische Koch vor Ort war, er hat Ihnen das Leben gerettet.

Ja, da bin ich froh.

Mayer fährt ihn zurück ins Büro. Krohn ist seit Tagen nicht mehr auf seinem Fahrrad gesessen, vermisst es aber nicht.

Kaum sitzt er in seinem Bürostuhl, meldet Mayer, dass

Julius in Kürze eintreffen werde, er sei bereits im Aufzug. Der Assistent steht in der Tür und erwartet weitere Anweisungen. In der Rechten hält er ein Tablet, in der Linken einen Kugelschreiber – den er nie benutzt, der aber symbolisieren soll: Ich habe alle Hände voll und bin für jede Eventualität gerüstet. Das Kugelschreiberklicken ist Mayers Tick. Der Klick geht der Auftragserledigung vor, er ist Mayers Startschuss.

Ich weiß fast nichts über Sie, erzählen Sie ein bisschen von sich.

Der Assistent versichert, dass es da nicht viel zu erzählen gebe.

Doch, doch, beharrt Krohn.

Mayer blickt ihn verunsichert an, dann auf den Boden vor Wilfings Schreibtisch, dann wieder zu Krohn. Er rückt seine Brille zurecht und sagt: Aufgewachsen bin ich in der Stadt. Ich spiele gern Tennis … bin unverheiratet.

Mayer stockt, ruckelt erneut an der Brille. Krohn zeigt kein Anzeichen, den Assistenten bei der Darlegung seines Privatlebens zu unterbrechen, sondern nickt ihm aufmunternd zu. Eilig sucht Mayer nach weiteren unverfänglichen Informationen, die man dem Vorgesetzten präsentieren kann.

Ich bin schon lange verheiratet, deshalb nicht auf dem Laufenden, kommt ihm Krohn schließlich zu Hilfe: Sagen Sie, gibt's noch so etwas wie seriöse Dating-Plattformen oder geht's da überall nur noch um schnellen Sex?

Mayer lacht wie über einen guten Witz, seine Hand fährt nochmals zur Brille, als er ihm antwortet, dass er das nicht wisse. Er stottert ein wenig weiter und freut sich, als er Julius Wilfing begrüßen kann.

Jetzt lacht Krohn: Ich habe mir einen Spaß erlaubt, entschuldigen Sie, Herr Mayer. Sie machen einen großartigen

Job, betont er. Würde ihm Mayer nicht ständig einflüstern, seine CEO-Darstellung wäre kaum überzeugend. Krohn weiß, dass er Mayer an seiner Seite braucht.

Das Lob seines Chefs nimmt der Assistent gern entgegen. Energisch klickt er mit dem Kugelschreiber, steckt ihn in die Sakko-Innentasche und konsultiert das Tablet. Viel kann er jedoch nicht über die bislang inexistente Music-Taskforce berichten und schließt mit: Für eine Expertise käme am ehesten Frau Sokal von der Entertainment-Abteilung infrage.

Ja, das hätte ich auch so gesehen. Na gut, Julius, du bist jetzt unser Head of Music-Taskforce.

Krohn erhebt sich. Da er noch nie jemanden zu irgendetwas ernannt hat, ist er im Unklaren, was er als Nächstes tun soll. Er macht ein Segnungszeichen. Mayer lacht sein Toller-Witz-Lachen, Julius steht verloren im Raum.

Erst will Krohn sich wieder hinsetzen, dann entscheidet er sich aber für Initiative. Er klatscht in die Hände: Na gut, der Junge braucht ein Büro, schauen Sie sich mal um, Mayer, ob wir einen leerstehenden Raum haben. Machen Sie ihm einen Termin mit dieser Sokal, sagen Sie ihr, ich schicke den Head of Music-Taskforce, von dem ich ihr erzählt habe. Sie sollen gemeinsam etwas erarbeiten, aber flott, schließlich warten die Leute auf eine Motivational Performance.

Mayer nickt.

Haben Sie das: Sie sollen bis zum Nachmittag eine Motivational Performance zusammenbasteln, ich bin heute mal still.

Mayer nickt eifrig weiter und ist auch schon aus dem Zimmer. Die Flinkheit Mayers verwundert nicht weiter, die

Verwandlung, die Julius durchläuft, hingegen schon. Kaum sind die beiden allein, ist er um fünf Zentimeter gewachsen. Er steht aufrecht, jegliche Unsicherheit ist weggewischt.

Passable Performance, sagt er mit komplizenhaftem Grinsen. Du darfst aber nicht vergessen, dass mein Vater zu jeder sich bietenden Gelegenheit auf mir rumgehackt hat. Das vernachlässigst du mir ein bisschen. Schau nicht so verwundert. Nachdem du nicht der Echte bist, darf ich doch ein bisschen Pause machen, oder?

Er setzt sich in den Krohn gegenüberstehenden Stuhl und sieht sich in Wilfings Büro um.

Aber danke, dass du mir den Job besorgt hast, Head of Music-Taskforce?, lacht er. Klingt nach einer ruhigen Kugel.

Krohn versucht herauszufinden, welcher der beiden Persönlichkeiten, die er kennenlernte, nun Julius ist. Er sucht vergeblich nach einer passenden Frage, findet nur die Feststellung, dass Julius ihm beim gestrigen Essen etwas seltsam vorkam.

Ja, ja, wir spielen alle unsere Rollen. Ingrid macht's einem aber auch wirklich nicht leicht, oder?

Krohn beobachtet Julius, der wieder aufgestanden ist und die Fotos an der Wand begutachtet, leise pfeifend, wenn er seinen Vater händeschüttelnd mit einer bekannten Persönlichkeit sieht.

Mayer kommt zur Tür herein: Herr Julius, ich habe ein Büro für Sie, wenn Sie mir bitte folgen wollen. Außerdem habe ich Ihnen einen Termin mit Frau Sokal vereinbart.

Julius, nun wieder ganz geschlagener Hund, schleicht hinter dem Assistenten aus dem Büro. Zurück bleibt ein verwirrter Anton Krohn.

13

Wenn der CEO nicht zu seinem ältesten Freund kommt, muss der Freund halt zum CEO.

Ralf hebt einen Karton mit Bierdosen in die Höhe.

Sehr aufmerksam, sagt Krohn und tritt zur Seite, um seinen Freund hereinzulassen. Zielstrebig geht er ins Wohnzimmer, Krohn ruft ihm hinterher: Die Schuhe kannst du anlassen, kein Problem.

Die Spitze ignorierend, sieht Ralf sich um. Was nicht lange dauert, er war zwar lange nicht bei Krohn, verändert hat sich aber wenig. Ralf stellt die Dosen auf den Tisch in der Küchennische und zieht eine aus dem Karton.

Du bedienst dich selbst, nickt er in Richtung Mitbringsel.

Steht's mit deinen Finanzen so schlecht oder warum müssen wir das billigste Dosenbier trinken?

Wollte dich bloß mal wieder auf den Boden der Fuselrealität holen. Mit der Witwe süffelst du ja wahrscheinlich nur Champagner.

Ralf setzt sich hin, lässt die Dose zischen und sagt: Was mir heute passiert ist …

Krohn holt sich ein Glas, bietet Ralf eines an, der kopfschüttelnd ablehnt und zu erzählen beginnt: Ich habe Layla im Altersheim getroffen. Du weißt schon, die Freundin, die ich damals hatte, als wir uns kennengelernt haben.

Marthas Kollegin, erste Brecherin Ralf'schen Herzens – Krohn erinnert sich gut.

Sie hat kurz zuvor erfahren, dass ihre Mutter gestorben ist. Hat mich umarmt und angefangen zu weinen.

Krohn setzt sich zu Ralf an den Tisch.

Du musst wissen, dass wir uns in dem Altersheim öfter über den Weg gelaufen sind. Sie hat ihre Mutter regelmäßig besucht. Aber jedes Mal so getan, als würde sie mich nicht kennen.

Ralf sieht Krohn anklagend an, als ob er es wäre, der ihn ignoriert hätte. Krohn zuckt mit den Achseln und sagt: Brauchte wohl jemanden, der sie tröstet.

Ich stand da und konnte nur daran denken, wie es mir damals ging, als sie abgehauen ist. Nichts mit Empathie, ich war stinksauer und hab nichts rausgebracht.

Du warst für sie da.

Ja, sagt Ralf, wie paralysiert bin ich dagestanden. Das hätte jede Säule genauso gut hingekriegt.

Dann warst du eben Trostsäule.

Du bist mir eine Hilfe, zischt Ralf ihn an, woraufhin Krohn der Kragen platzt. Was willst du von mir hören? Dass ihr Verhalten hochgradig unangemessen war, lächerlich, nach dem, was sie dir angetan hat? Oder soll ich dir auf die Schulter klopfen, weil du es ihr endlich heimgezahlt hast, weil du nichts gefühlt hast?

Das war nun mehr Arno Wilfing als Anton Krohn, aber Ralfs wehleidiger Egoismus geht ihm auf einmal auf die Nerven. Schließlich ist es nicht seine Mutter, die gestorben ist. Er war nur Zaungast, alles, was er zu tun hatte, war, ein wenig Mitgefühl vorzutäuschen. Dann konnte er wieder seines Weges gehen.

Schon gut, reden wir über etwas anderes, lenkt Ralf ein. Auf der Suche nach einem anderen Gesprächsthema sitzen sie sich schweigend gegenüber und Krohn denkt daran, wie ungezwungen sie früher waren, damals, als sie sich kennenlernten. Wie sie sich gegenseitig in ihre Lieblingslokale schleiften, ein Bier ums andere tranken und über alles Mögliche redeten, bevor sie das Lokal im Morgengrauen wieder verließen. Er erinnert sich, als sie einmal zur Sperrstunde aus einem Irish Pub wankten und auf einen zerfransten Fußball stießen. Schnell hatten sie mit den letzten Besoffenen, die vor dem Pub herumstanden und nicht wussten, wohin mit sich, zwei Teams gebildet. Im nächsten Fußballkäfig haben sie so lange gespielt, bis sie jeden Tropfen Alkohol ausgeschwitzt hatten und fast kollabierten. Krohn versucht sich zu erinnern, ob auch Layla oder Martha dabei gewesen ist, aber es liegt schon so weit zurück, wie ein anderes, ein fremdes Leben. Was täten sie heute, würden sie vor dem Haus auf einen herrenlosen Ball treffen? Ralf würde mit Sicherheit über die Perversion der Transferpolitik im Profifußball referieren, und während Krohn sich fragt, ob er eher die Oberflächenstruktur des Balls für spätere Skizzen studieren oder ihn einfach nur ignorieren würde, landet sein Gegenüber beim Thema, das ihn neuerdings am meisten interessiert: Gibt's was Neues bei SemTec, bei der Witwe?

Die Witwe hat mich beinahe umgebracht, aber sonst: alles wie gehabt.

Ralf macht große Augen.

Eine Avocado im Essen.

Krohn erzählt vom Abend in der Wilfing-Villa, wie er seine Kinder kennenlernte, vom kulinarischen Höhe- und vom allergischen Tiefpunkt: Ich hab auf einmal keine Luft mehr bekommen, bin panisch geworden. Und die Witwe, das musst du dir vorstellen, hat mich nur verwundert angeschaut. So in der Richtung: Geht mir jetzt der nächste Ehemann flöten? Der vietnamesische Koch ist mir dann zu Hilfe gekommen, hatte ein Notfallset dabei. Ein Profi halt, für jede allergische Reaktion gerüstet. Ich weiß nicht, was sonst passiert wäre.

Krohn beschreibt, wie er keuchend und fluchend vor der Witwe gekniet ist – was er ausspart, ist die Zurechtweisung, die ihm seine verbalen Ausfälligkeiten bei der Personalerin einbrachte.

Sie hören die Wohnungstür, kurz darauf steht Martha vor ihnen. Ralf und sie haben sich lange nicht gesehen, man einigt sich auf mindestens ein Jahr. Aber Krohn glaubt zu wissen, dass es länger war, er bezweifelt, dass Ralf die kranke Martha je zu Gesicht bekommen hat.

Auf ihre Frage, was er so treibe, antwortet Ralf: Immer das gleiche.

Krohn wartet auf eine ausführlichere Antwort, aber Ralf belässt es dabei. So wortkarg kennt er seinen Freund gar nicht.

Sie hören Martha zu, die von einer Foto-Ausstellung erzählt, von der sie eben zurückgekommen ist. Weder Krohn noch Ralf haben je von der Künstlerin gehört.

Bald hat Ralf sein Bier ausgetrunken und entscheidet, dass er gehen muss: Hab einen anstrengenden Tag hinter mir, sagt er, und Krohn ist erleichtert, dass Martha nicht mehr darüber wissen will.

14

Der Wilfing-Schreibtisch ist ein Möbelstück alter Schule, ein Zwischending aus Segelyacht und Schmuckschatulle. Mayer war das letzte Mal vor einer halben Stunde im Büro, seither vertrieb Krohn sich mit Block und Kugelschreiber, die er in der Schublade entdeckt hat, die Zeit. Er versucht sich an jenem Gesicht, das ihm aus dem Bilderrahmen auf dem Schreibtisch entgegenblickt. Ingrid Wilfing will nicht gelingen. Viel zu weich und rundlich sind die Züge. Krohn beginnt, sie in eine andere Person zu verwandeln, eine fiktive, was in einem Durcheinander endet. Als hätte Doktor Frankenstein sich als Zeichner versucht: Kein Gesichtszug passt zum anderen und keiner gehört Ingrid Wilfing.

Entnervt wirft Krohn den Stift zur Seite. Er nimmt die Zeichnung und verlässt damit das Büro. Auf dem Gang trifft er auf eine Angestellte, die es sehr eilig zu haben scheint.

Krohn hält sie auf, sagt, dass ihm ihr Name entfallen sei. Die Frau stellt sich mit dazugehöriger Abteilung vor.

Frau La Pena vom Marketing, wussten Sie, dass Ihr Chef gern zeichnet?

Frau La Pena schüttelt den Kopf, blickt erst ihn an, dann nervös an ihm vorbei, ob sie nicht jemand von diesem falschen CEO befreien könnte. Da niemand des Weges kommt, sagt sie: Nein, das ist mir neu.

Kennen Sie meine Frau? Ich meine, wissen Sie, wie sie aussieht?

Ja, sagt Frau La Pena, ich durfte sie bei einem Empfang kennenlernen.

Krohn hält ihr die Frankenstein-Zeichnung entgegen.

Ingrid hat bald Geburtstag. Was glauben Sie, würde sie sagen, wenn ich ihr dieses Porträt von ihr schenke.

Frau La Pena betrachtet die Kugelschreiber-Zeichnung eingehend und sagt schließlich: Ich bin sicher, sie würde sich sehr freuen.

Krohn schaut sich das Bild selbst noch einmal an: Sind Sie sicher?

Absolut, sagt Frau La Pena mit Nachdruck (sie weiß, wie alle in der Firma, dass man gefällte Urteile begründet und bestenfalls untermauert). Man sieht, dass Sie sich Zeit genommen haben, und Zeit ist das teuerste Gut, über das wir verfügen.

Ist das so, sagt Krohn nachdenklich, weiter die Zeichnung betrachtend.

Ich finde es eine großartige Idee, pocht La Pena auf ihrem Punkt: Und eine schöne Zeichnung.

Na gut, vielen Dank für Ihre ehrliche Meinung, Frau La Pena vom Marketing.

Er nickt ihr zu und kehrt in sein Büro zurück. Auf dem Weg zum Schreibtisch fragt er sich, ob es einen Angestellten in diesem Haus gibt, der ihm gegenüber ehrlich ist. Der sich nicht von seiner Position als CEO blenden lässt – ja, das Absurde an der ganzen Situation ist: Alle wissen, dass er nicht der CEO ist, trotzdem behandeln ihn alle so. Er spielt seine Rolle, deshalb müssen sie auch ihre Rolle spielen.

Er muss an Julius denken. Der ist definitiv kein Heuchler,

sondern durchaus geradeheraus, wenn er in seinem Unter-Vier-Augen-Modus ist. Aber die Motivational Performance, deren Zeuge Krohn am Montagnachmittag wurde, hat die Zweifel an der geistigen Gesundheit des Wilfing-Sprosses alles andere als beseitigt. Zum Bowie-Playback war Julius in Perücke, Leggings und Schminke über die Brücke geturnt, hat Purzelbäume geschlagen und Luftgitarre gespielt. Der Junge bleibt ein Rätsel.

Krohns Blick fällt auf das Porträt von Ingrid Wilfing. Die Unzeichenbare. Er wird ihr Bild durch eines von Martha austauschen.

15

Der Brasilianer lädt zum Greenfee, sagt der in Krohns Bürotür stehende Schirmer.

Auf die Schnelle weiß Krohn mit dieser Information nichts anzufangen, weshalb der CEO (bis auf Weiteres) a.D. präzisiert: Pinheiro will eine Partie Golf mit Ihnen spielen.

Langsam sackt das ganze Ausmaß hinter der Greenfee-Einladung: Krohn hat keine Ahnung von Golf. Minigolf, ja. Aber das sind zwei völlig verschiedene Welten. Er hat einen Ball noch nie weiter als drei, vier Meter fliegen lassen – was die Schanze auf Bahn 12 eben hergibt. Wie soll er einen Golfspieler mimen?

Wann soll die Partie stattfinden?, fragt er Schirmer.

Pinheiro landet am Montag und will sich Dienstagmorgen am Platz treffen.

Nicht mal eine Woche Zeit, sich in einen herzeigbaren Golfer zu verwandeln. Unmöglich.

Sie spielen kein Golf?, fragt Schirmer mit gespielter Neugier. Eternal Partners kann bestimmt einen Lehrer organisieren, der Ihnen die Schwünge beibringt. Wird eine intensive Trainingswoche, fürchte ich.

Kaum erfährt Eternal Partners vom Anliegen des Brasilianers, klopft auch schon ein Golftrainer an Krohns Bürotür: Wir müssen in aller Schnelle ein Muskelgedächtnis aufbauen. Wir werden uns auf das lange Spiel konzentrieren, erklärt der Trainer auf dem Weg zum Mercedes, der in der Tiefgarage parkt. Zuerst werden wir uns auf den Abschlag konzentrieren, danach aufs Chippen, damit wir unter fünfzig Meter zum Grün den Ball irgendwie draufbringen, sagt er und hält Krohn die Autotür auf.

Und ich werde mit Ihnen an der Golfer-Performance arbeiten, meldet sich die PD zu Wort, die hinter dem Steuer sitzt. Erst werden wir die Regeln durchnehmen, dann alles, was ein typischer Golfer eben macht, die Etikette …

Krohn entfährt ein Seufzer.

Also das Verhalten am Platz, die Komplimente, die man dem Partner macht. Das muss alles einstudiert werden.

Der Mercedes führt sie in den Norden, hinaus aus dem Wohngebiet, vorbei an Einkaufszentren und Fertigungshallen. Mit einem Mal enden die Bauwerke, links und rechts Brache, vereinzelte Sträucher, blassgrüne Grashalme, die nicht als Wiese durchgehen, zu viel braune Erde dazwischen. Stare oder Amseln fliegen auf, nicht außergewöhnlich, aber immerhin eine Abwechslung zum städtischen Taubengeflatter und den Mistkübel-Krähen. Krohn ist seit Monaten nicht mehr aus der Stadt hinausgekommen. Was gäbe es hier auch zu tun?

Kaum fahren sie durch einen Torbogen, erhält die Vegetation ein satteres Grün. Sie halten auf einem gut gefüllten Parkplatz. Es ist Spätnachmittag, die Hitze erträglich genug für eine Partie Golf. Menschen sind damit beschäftigt, Golftaschen aus Kofferräumen zu heben, man steht in Grüppchen beisammen und diskutiert über die richtige Schulterdrehung, scherzt über verpatzte Abschläge. Der Trainer, die PD und Krohn gehen zur Übungswiese – die man Driving Range nennt, wie Krohn erinnert wird. Dass die Gruppe, in der man Golf spielt, Flight heißt, weiß er bereits, weil Ralf ihre Minigolf-Runden so betitelt.

Sie gehen einen kleinen Hügel hinauf, einen s-förmigen Weg, der links am Clubhaus vorbeiführt. Neben dem Haupthaus liegt ein lang gezogener Bau, vor dem etwa zwanzig Abschlagmatten liegen. Auf der einfarbigen Wiese steht alle fünfzig Meter ein Schild, das die Weite des Abschlags verrät. Die Wiese ist dreihundert Meter lang. An manchen Stellen stehen kleine Trampoline mit Fahnen in der Mitte, die geübteren Spielern als Zielscheibe dienen mögen.

Die PD hat zwei Schläger in der Hand, einen davon hält sie Krohn entgegen. Nachdem er zugegriffen hat, streckt sie ihre Arme und kreuzt sie, sodass der Schläger sich mehrmals vor Krohns Gesicht dreht. Als Nächstes führt sie den Schläger hinter den Rücken, klemmt ihn in die Armbeugen und dreht ihren Rumpf, zuletzt stellt sie die Füße weit auseinander, den Schläger vertikal vor sich auf den Boden und bringt ihren Oberkörper in die Waagrechte. Das ist für die Lendenwirbelsäule, hört er sie gepresst sagen.

Das wären die Aufwärmübungen, die man so sieht, sagt die PD, als sie wieder aufrecht steht. Ob sie sportwissenschaftlich das Gelbe vom Ei sind, lasse ich jetzt mal offen.

Sie stellt sich mit dem Rücken zu Krohn: Kommen wir zum Schwung.

Ihre Füße stehen parallel zueinander, sie geht leicht in die Knie. Der Schläger geht langsam hoch, über Kopf, über Schulter, und schnellt wie aufgezogen und losgelassen zurück. Das ist er also, der Schlag. Ausgeführt ohne Ball, doch mit Au-then-ti-zi-tät.

Hinter sich hört Krohn ein polterndes Plocken: Der Trainer steht an einem Automaten und befüllt einen Eimer mit Golfbällen. Er schüttet die Hälfte in die Mulde am Abschlagfeld vor Krohn, blickt erst zur PD: Genau so soll der Schwung aussehen. Dann zu Krohn: Legen Sie los.

Krohn nimmt einen Ball und legt ihn auf das kleine Kunststoffrohr. Er stellt sich auf, geht leicht in die Knie, fixiert den Ball.

In der Theorie heißt es, eintausendachthundert Wiederholungen, dann sollte der Schwung halbwegs sitzen, hört er den Trainer.

Eintausendachthundert Wiederholungen – ob dieser Nachricht verzichtet Krohn, nach dem ersten Schlag weiterzuzählen. Es folgen Tage mit ungezählten Abschlagversuchen und einigen Erfolgen, Krohn lernt, was Chippen und was Pitchen ist, entwickelt eine golfergemäße Antipathie gegen Sandbunker. Zugleich folgen Nächte mit steifem Rücken, schmerzenden Unterarmen und Händen.

Der Friday Flight mit Ralf muss schon wieder abgesagt werden, am Telefon erklärt Krohn den Grund.

Du spielst jetzt Golf?, ruft Ralf. Das richtige, mit Fairway, Birdies, Eagles?

Weiß nicht, ob man das schon Golf nennen kann. Ich treffe ein paar Bälle halbwegs anständig und den Großteil überhaupt nicht. Wir sind noch am Grübeln, wie wir diese völligen Verhaue argumentieren. Wahrscheinlich werde ich mich damit entschuldigen, dass ich etwas Falsches gegessen habe.

Wann spielst du gegen den Brasilianer?

Am Dienstag.

Da will ich dabei sein.

Krohn lacht. Wie soll das gehen?

Ein Golfspiel unter Führungskräften, das geht doch nicht ohne Laufburschen ab. Hast du schon einen Caddy?

Gute Frage. Da bietet sich wohl der CEO in Warteschleife an, dieser Schirmer.

Ach was, ich mach dir den Caddy. Erstens bin ich der ultimative Performer, zweitens habe ich das Know-how.

Nicht zum ersten Mal erinnert Ralf, dass er eine Zeit lang im Seniorenheim *Dernière Étape* aus Golfmagazinen vorgelesen hat, und Krohn gesteht sich ein, dass ein Schirmer als Caddy mit gekränktem Selbstwertgefühl einiges an Konfliktpotenzial bietet.

Dennoch, Ralf als Caddy ist völlig unangemessen: Hör mal, da geht's um alles oder nichts. Entschuldige, aber ich kann dich da nicht als Pausenclown gebrauchen.

Hey, hey! Weißt du, was den Golf-Jargon betrifft, sagt Ralf mit einer Kunstpause und Krohn weiß, wie der Satz seines Freundes enden wird: Auf dem Gebiet bin ich eine Konifere.

Das wage ich nicht zu bezweifeln, du Konifere.

Ich werde den Brasilianer mit meiner Expertise so einwickeln, dass du nicht auf Bauchweh machen musst. Der wird dich für einen Topspieler halten, Playing Pro oder Teaching Pro, such's dir aus. Aber jetzt im Ernst: Ich kann dir helfen.

Ralf, bitte, dieses Golfspiel entscheidet quasi über Leben und Tod. Da kann ich nicht mit meinem Minigolf-Kumpel antanzen.

16

Endlich Wochenende, sagt Ingrid Wilfing und sinkt neben Krohn aufs Sofa. Krohn fragt sich, worin für die Witwe der Unterschied zwischen Woche und Wochenende besteht, was sie überhaupt so treibt, wochentags.

Beide nippen sie am ersten Martini des Abends. Ob Martini laut Ordner wirklich der Lieblingscocktail Wilfings war, bezweifelt Krohn. Die edlen Tropfen, auf die Krohn im Keller gestoßen ist, deuten auf einen Weinkenner hin. Wilfing genoss gern ein gutes Glas Wein, ist Krohn überzeugt, und davon dass die Witwe die Vergangenheit ein wenig zugunsten ihrer Vorlieben nachgebessert hat. Vom Weniger-Trinken-Wollen ist seit Tagen keine Rede mehr, aber die Arbeitszeit vergeht im Flug, ist man erst illuminiert.

Was macht das Golfspiel?, fragt die Witwe.

Fortschritte, sagt Krohn. Das viele Training zeigt Wirkung.

Jeder Zentimeter, den Krohn sich bewegt, erinnert ihn an das Training. Die hinteren Oberschenkel, wenn er sich setzt oder aufsteht, die Unterarme und Schultern, wenn er etwas hochhebt, die Hand beim Zeichnen, der Rücken bei jeder achtlosen Drehung. Krohns Körper, Meeting Point der Schmerzen. Dennoch freut er sich auf das Spiel am Dienstag – weil danach die Golfschläger in der Ecke landen wie eine Schultasche zu Ferienbeginn.

Erinnerst du dich, wie wir gemeinsam gespielt haben? Du musstest dich so viel ärgern.

Auf einmal spürt er etwas nicht in, sondern auf seiner Schulter. Es ist der Kopf der Witwe.

Krohn sucht nach einer geeigneten Form des Protests, er fragt sich, was im Vertrag mit Eternal Partners zu physischem Kontakt zu finden ist, es muss eine Klausel geben. Zugleich versucht er, die Situation herunterzuspielen, schließlich ist es eine verständliche, nur menschliche Geste der Witwe. Sie schwelgt in Erinnerungen, hält mich für einen kurzen Moment für ihren toten Mann.

Der Gang zur Toilette rettet Krohn. Er sitzt eine Weile, noch zwanzig Minuten, dann ist Dienstschluss. Erst den Martini austrinken, danach sich mit dem Verweis auf dringend zu Erledigendes verabschieden. Routine. AW lebt seine Arbeit, er geht auch an Wochenenden ins Büro.

Als Krohn nach Hause kommt, hat er immer noch das Gefühl, den Kopf der Witwe auf der Schulter zu spüren. Er fragt sich, ob Martha ihm etwas ansehen wird, aber sie schläft. Er duscht und schleicht ins Schlafzimmer, legt sich ins Bett und ist in wenigen Augenblicken eingeschlafen.

17

Krohn sitzt an seinem Schreibtisch und schreibt Martha am Smartphone, dass er schon viel früher CEO eines Konzerns hätte werden sollen. Mayer kommt in Wilfings Büro und legt das anstehende Problem dar. Krohn fragt, wer über die für die Lösung notwendige Expertise verfügt, Mayer nennt einen Namen und Krohn delegiert die Angelegenheit an diesen weiter. Die Szene wiederholt sich in regelmäßigen Abständen mit minimalen Variationen.

Aufgrund seines Golftrainings ist er nur noch wenige Stunden im Büro. Ganz einstellen wollte man seine Bürozeiten nicht, schließlich sollte er sich möglichst natürlich in der Firma bewegen, wenn der Brasilianer nach erfolgreichem Golfspiel den Vertrag hier unterzeichnen wird. Aber Krohn gesteht sich ein, dass er diese Zeit im Bürosessel genießt. Einfach sitzen und nur mit der Arbeit verheiratet zu sein. Keine Kanarienmonologe, kein Herumsitzen bei Ingrid Wilfing.

Ungleich vertrackter als die Arbeit als CEO ist die Arbeit als Wilfing. Krohn fragt sich, ob er ein überzeugender Wilfing ist. Überzeugend genug für Pinheiro?

Aufgrund der Unterwürfigkeit der Angestellten fällt es ihm schwer, einzuschätzen, wie überzeugend seine Darstellung ist. Nicht einmal der Assistent ist da hilfreich, er ist von allem, was Krohn von sich gibt, begeistert. Gut, die Witwe wäre ein Indikator, dass er seine Sache gut macht.

Sie verhält sich so, als wäre Krohn ihr Arno. Ihre Annäherungen. Aber ist er vielleicht nur der Arno, den sie sich herbeiwünscht?

Den Wilfing-Sohn könnte er um Feedback bitten, Julius ist kein Speichellecker. Doch Krohn weiß nicht genau, woran er bei ihm ist. Kreuzen sich in der Firma ihre Wege, zeigt der Wilfing-Sohn sich von seiner selbstsicheren Seite. Das Geduckte ist so gut wie verschwunden.

Krohn lässt Mayer wissen, dass er mit seinem Sohn sprechen will. Wenige Minuten später sitzt er vor ihm.

Ich habe nicht viel Zeit, sagt Krohn, während er seinen Nacken knetet. Es sind keine vierundzwanzig Stunden mehr bis zur Partie mit Pinheiro, der Golfplatz wartet.

Julius zuckt mit den Achseln: Klar, worum geht's?

Dir scheint es bei uns zu gefallen?

Julius' rechte Augenbraue wandert hoch: Was meinst du mit *bei uns*?

SemTec, was denkst du denn?

Ach so ja, nickt Julius. Die Music-Taskforce macht viel Spaß.

Der CEO in Krohn will nicht wissen, was bei der Taskforce eigentlich passiert.

Ich habe das Gefühl, du blühst in der Firma richtiggehend auf.

Julius grinst in sich hinein.

Entschuldige meine Direktheit, aber der Julius, den ich im Haus … deiner Eltern kennenlernte, der war so ganz anders.

Der Sohn lacht: Ja, du weißt doch, Mütter.

Mütter – während Krohn keine Ahnung hat, was Julius damit meint, massiert er seine Schulter, streckt den Arm aus und winkelt ihn an.

Man sollte es ihnen immer recht machen, erklärt Julius. Sie haben die Fäden in der Hand.

Also das war alles eine Scharade für deine Mutter?

Meine Mutter?, sagt Julius ernst und wechselt das Thema: Weißt du, als ich gesehen habe, wie du den Arno Wilfing anlegst, dir die Rolle völlig skrupellos aneignest, ohne lange nachzudenken – also dass du einfach er bist und dir dadurch Sachen rausnimmst, die ansonsten undenkbar wären. Ein CEO, der Bowie trällert. Das hat mich inspiriert, weißt du. Da dachte ich, ich muss auch mehr aus mir raus.

Krohn glaubt zu verstehen. Er hat dem Jungen zu mehr Selbstvertrauen verholfen. Gut so.

Du findest mich als Arno Wilfing überzeugend?, kommt er endlich zu seinem Anliegen.

Ich finde deine Version von Arno Wilfing großartig. Ob sie mit dem Original viel zu tun hat, das interessiert mich nicht.

Glaubst du denn, dass es die anderen in der Firma interessiert?

Julius überlegt einen Augenblick, hebt dann die Schultern: Sieht nicht so aus. Aber ich bekomme auch wenig mit, was geredet wird. Mir kommt vor, die trauen mir nicht über den Weg.

Er ist ja noch immer der Sohn des Chefs, Krohn versteht.

Es klopft an der Tür. Ein Mann mit einer zusammenklappbaren Liege unter dem Arm betritt das Büro.

Kann ich noch etwas für dich tun?, fragt Krohn seinen vermeintlichen Sohn.

Alles wunderbar, sagt Julius und macht sich wieder auf in sein Büro.

Wenig später stöhnt Krohn zufrieden. Unter den Händen des Masseurs lässt es sich wunderbar über Julius' Aussagen nachdenken.

18

Nach der Arbeit die Arbeit. Vom ewigen Golfplatz fährt ihn Mayer ins Büro, nachdem er dort eine Weile abgesessen hat, lässt er sich in die Wilfing-Villa fahren. Immer noch ist er Arno Wilfing. Er steht vor der Voliere und mustert die beiden Vögel. Sagt nichts. Orfeo und Euridice sehen ihn interessiert an. Er schließt die Tür zum Vogelzimmer und steht für einen Moment im Flur. Es ist ruhig im Haus, er fragt sich, wo Ingrid ist. Er geht den Flur entlang zum Wohnbereich, hier ist sie nicht. Geht weiter in den Essbereich, schaut zur Kücheninsel, von wo ihn die Simonelli-Kaffeemaschine silbern anglänzt. Von Ingrid Wilfing aber keine Spur. Neben der Simonelli steht eine Flasche Veuve Clicquot, La Grande Dame, Jahrgang 2008. Witwe Wilfing kauft Champagner der Witwe Clicquot. Eine richtige Witwenwirtschaft ist das hier.

Manchmal, wie jetzt, überkommt ihn Hilflosigkeit. Wenn Krohn in seiner Wohnung wäre, würde er ein Buch aufschlagen und lesen. Aber Arno Wilfing ist kein Leser. Er kann kaum nachvollziehen, wie dieser Mann seine Zeit totschlug. Stimmt nicht, dank des Wilfing-Ordners ist alles erklärbar: Es gab nichts totzuschlagen, weil Arno ein Arbeitstier war. Doch Krohn hat den Auftrag, einen gewissen Anteil seiner Arbeitszeit im Wilfing-Haus zu verbringen. Sein Dienst dauert noch vier Stunden, was gibt es zu tun? Was macht man in der Freizeit eines fremden Mannes?

Er geht zum Boxcalf-Sofa, beugt die Knie, stützt sich mit den Händen ab und rollt sich vorsichtig auf die Sitzfläche. Dann streckt er die Beine aus, bis er eine horizontale Stellung erreicht. Er seufzt erleichtert und schließt die Augen, versucht sich zu entspannen. Spürt das weiche Leder, den unaufdringlichen Duft. Einfach einschlafen wäre natürlich die leichteste Art, sein Geld zu verdienen. Kaum denkt er daran, hört er eine Tür. Eines der hinteren Zimmer. Krohn öffnet die Augen, dreht sich zur Seite und stemmt sich etwas hoch, um über die Rückenlehne lugen zu können. Am Treppenabgang steht Ingrid Wilfing, mit nichts weiter als einem Badetuch um sich geschlungen.

Ich habe die Sauna eingeschaltet, kommst du?

Krohn sieht den Körper der Witwe vor sich. Die gebräunte, faltige Haut unter dem Hals. Ihre Brüste, klein und noch ausgesprochen straff, er stellt sich vor, wie sie ihm gegenübersitzt, die Haut glänzend vom Schweiß. Sie hat ihre Beine parallel hingesetzt, er sieht die Bauchfalten, eine Narbe, die zweite Geburt, der dazugehörige Satz, den Arno gern bemüht: *Bei Julius begannen die Probleme mit der Geburt* (Seite 78). Krohn sieht ihre Scham, kaum behaart, ein glänzend weißer Flaum, und er fühlt, wie sich eine Erektion anbahnt, und je mehr er daran denkt, desto mehr wächst sein Penis, während sie ihn abmisst. Zwar nur ins Gesicht blickt, aber er weiß genau, dass sie jede Entwicklung da unten registriert.

Erstaunlich fließend ist Krohns Bewegung von dem Ledersofa. Er steht da und zeigt mit dem Finger in sein Gesicht: Ich fürchte, die Interimsnase hält so hohen Temperaturen nicht stand. Wir wollen doch nicht, dass mir die Nase abfällt.

Red keinen Blödsinn und komm.

19

Über Wilfings Golffertigkeiten fand sich wenig im Ordner, lediglich eine Zahl, die das Handicap bezeichnen soll: 28,3. Was ihn nicht gerade als grandiosen Golfer auszeichnet. Die Informationen zur Persönlichkeitsstruktur deuten darauf hin, dass Wilfing kein guter Verlierer war. An diesen beiden Eckpunkten plant Krohn seine Performance aufzuziehen.

Im Lauf der Trainingswoche fand er den einen entscheidenden Punkt, der das Golfspiel vom Minigolf unterschied, und das war nicht die zu überwindende Distanz oder die unterschiedlichen Schläger. Im Golf spielte man nicht gegen einen Mitspieler, sondern gegen sein eigenes Handicap, das heißt, man spielte gegen sich selbst. Am Golfplatz wartete der nächste Wilfing-Test, mit dem Schläger würde er sich Arno Wilfing weiter annähern.

Als er Schirmer am Parkplatz der Golfanlage trifft, ist Krohn überrascht. Er hat damit gerechnet, dass Schirmer eine in der Luft liegende Katastrophe fürchtet und nervös ist. Stattdessen macht er einen genervten Eindruck, wirkt fast lethargisch. Hat er den Deal mit den Brasilianern bereits abgeschrieben? Krohn sieht Schirmer einen Moment lang, wie er auf seinem Sofa sitzt und endlich Zeit hat, sich romantische Komödien anzusehen und Eis in sich hineinzuschaufeln, während hinter ihm ein Wasserfleck an der Wand wächst …

Sie gehen den Hügel zur Range hinauf, um sich warmzuschlagen. Es ist früh am Morgen und über dem Gras liegt ein Glitzern. Die Sprinkler müssen erst vor Kurzem abgestellt worden sein.

Der Trainer steht schon mit einem Eimer Bällen bereit. Sie haben vereinbart, dass der Trainer den Flight komplettieren wird. So kann man die brillanten Schläge des Pros bewundern, die man postwendend zu imitieren versucht, beobachten, ob es Kniffe gibt, die einem bislang entgangen sind, oder ein paar Meter gemeinsam übers Fairway gehen, um sich Tipps zu holen – kurzum: erfreuliche Gelegenheiten, die von eigenen Fehlleistungen ablenken.

Krohn sucht sich ein Abschlagfeld und leert einen halben Eimer in die Vertiefung. Er muss den richtigen Swing Thought finden. Der Trainer hat ihm beigebracht, wie der mantragleiche Schwunggedanke helfen kann, nicht über den korrekten Bewegungsablauf nachzudenken, sondern einfach das Erlernte abzurufen.

Leeren Sie Ihr Gehirn, erinnert ihn der Trainer. Machen Sie Platz für Ihren Schwunggedanken.

Krohn legt den Ball hin, nimmt Grundhaltung ein und sagt sich vor: Schulter nach unten – melk die – Kuh.

Der Ball zieht in einer fast perfekten Bahn dahin und landet knapp hundert Meter entfernt. Ein passabler Start.

Krohn legt den nächsten Ball zurecht: Schulter nach unten – melk die – Kuh.

Dreißig, vierzig gemolkene Kühe später hört er Schirmer sagen: Es geht los.

Schirmer nickt den Abhang in Richtung Parkplatz hinab, auf den eine schwarze Limousine fährt. Der Wagen hält, der Fahrer steigt aus und öffnet die hintere Tür. Aus dem Inneren steigt Pinheiro, jeder Zweifel ausgeschlossen. Ein rundgesichtiger Glatzenträger mit einem Sendungsbewusstsein, das bis zu ihnen hinauf reicht. Er hat den vermeintlichen Wilfing schon erblickt, hebt die Hand und ruft ihm etwas zu. Krohn und seine Begleiter gehen ihm entgegen. Einige Meter vor der Möglichkeit sich zu umarmen, breitet Pinheiro die Arme aus und ruft: Arno! Krohn tut es ihm gleich (Jorge!). Sie gehen der Umarmung in Zeitlupentempo entgegen. Bevor es so weit ist, stoppt der Brasilianer sein Gegenüber, indem er ihn an den Schultern fasst und ihm tief in die Augen blickt. Krohn versucht zu lächeln.

Gut siehst du aus, sagt Pinheiro. Hast du abgenommen?

Krohn wertet das als Höflichkeitsfloskel, die er ignoriert.

Der Brasilianer setzt eine besorgte Miene auf: Oder musstest du dich sorgen? Wie geht es deinem Sohn, macht er immer noch Probleme?

Krohn winkt ab: Dem geht es bestens. Er arbeitet jetzt für SemTec, vielleicht triffst du ihn ja später.

Pinheiro gehört in einen Anzug, denkt Krohn. In Polohemd und Chinos wirkt er so falsch wie ein Fußballprofi in Frack, Cravate Blanche und Chapeau Claque.

Hervorragend, sagt Pinheiro und klatscht in die Hände. Jetzt lass uns Golf spielen.

Sie machen sich auf den Weg zur Driving Range, als Krohn eine vertraute Stimme hört. Ralf kommt über den Parkplatz auf ihn zu, als Erstes sticht sein exzentrisches Äußeres ins Auge: Er trägt ein floral gemustertes Polohemd und Shorts mit Zebrastreifen. Ralf nutzt die allgemeine Verblüffung, um sich als Herrn Wilfings Caddy vorzustellen.

Krohn entschuldigt sich und nimmt ihn beiseite: Sag mal, spinnst du? Ich hab dir gesagt, ich kann dich hier nicht brauchen. Das hier ist ernst, scheiße noch mal.

Schon klar, mir ist das auch ernst. Aber ich sag's dir noch mal, ich bringe Expertise mit. Ich kenne das gesamte Golfvokabular. Dann noch mein dämlicher Aufzug, das sind alles Dinge, die von deinem miserablen Spiel ablenken können. Ich will dir helfen, Anton.

Der Brasilianer kommt zu ihnen: Du feiner Pinkel spielst neuerdings mit Caddy? Aber keine Sorge, da kann ich mitziehen. Mein Assistent Felipe macht mir den Caddy.

Krohn sucht nach einem Weg, Ralf loszuwerden, aber die Runde geht schon in Richtung Fairways. Ralf blickt zu ihm zurück und zuckt mit den Schultern.

Der Flight ist komplett mit Pinheiro, Krohn, Schirmer und dem Trainer als Spieler, die Caddies sind Pinheiros Assistent und Ralf.

Zumindest am Anfang wahrt man noch die Etikette: Die Spieler wünschen sich ein schönes Spiel, der Gast hat den Vortritt. Pinheiro schlägt den ersten Ball. Kaum ist die weiße Kugel in der Luft, folgt eine Portugiesisch-Tirade. Krohn versteht kein Wort, aber die Intonation lässt schließen, dass der Schlag als missglückt wahrgenommen wurde. Und wirklich, im Flug biegt der Ball rechts weg und landet im Rough. Als Pinheiros Ausbruch endet, setzt Ralfs Flüsterkommentar ein: Ball startet nach links und biegt rechts ab. Klassischer Slice, kann passieren.

Ist gut, Ralf, fährt ihn Krohn an.

Als Nächstes teet der Trainer auf und spielt einen bilderbuchhaften Abschlag. Man murmelt anerkennend.

Danach ist Krohn an der Reihe. Er macht einige Übungsschwünge. Der Trainer nickt ihm zu, Ralf flüstert: Sieht gut aus. Entspann dich, Schwunggedanke und Schlag. Und vergiss nicht: Schwingen, nicht schlagen.

Genau das versuche ich, sagt Krohn und blickt zu Ralf. Der ist für einen Moment ruhig.

Krohn fixiert den Ball. Er geht in Grundhaltung und konzentriert sich auf seinen Schwunggedanken. Schulter nach unten – melk die – Kuh.

Ein paarmal spricht er den Satz vor, dann fliegt der Ball. Einige Wörter werden hinterhergeschickt, vermutlich ähnlichen Inhalts wie nach Pinheiros Schlag. Die Flugbahn gleicht der einer Rakete, der Ball landet keine fünfzig Meter entfernt.

Unterschlagen, erklärt Ralf. Wahrscheinlich zu hoch aufgeteet.

Pinheiro lacht: Da bin ich aber froh, dass ich nicht der einzige miserable Spieler unter den Anwesenden bin.

Krohn ist auf einen zu kurzen Schlag vorbereitet: Da fällt mir ein Zitat von Andrade ein. Die Kürze ist die Schwester des Talents.

Hat er das gesagt, aha, sagt ein wenig beeindruckter Pinheiro.

Immerhin ist der Ball am Fairway geblieben, sagt Ralf. Ruhe bewahren. Wir müssen uns sukzessive dem Grün nähern.

Das ist, was Krohn tut. Während er sich einerseits mithilfe von Driving Iron, 7er-Eisen und Pitching Wedge aufs Grün vorarbeitet, überlegt er andererseits, wann der geeignete Zeitpunkt gekommen ist, um mit Pinheiro über Geschäftliches zu reden.

Mit zwei gediegenen Putts schließt er das Loch mit einem Doppelbogey ab. Akzeptabel, befindet Krohn.

Am zweiten Tee gelingt Pinheiro ein guter Abschlag. Schirmer lässt ein bewunderndes Oho hören und sagt mit Blick auf Krohn: So macht man das.

Ralf dreht sich zu Krohn und zischelt: Was meint er, Pinheiros Schuss oder seine beispielhafte Anbiederung?

Krohn ignoriert Ralfs Kommentar und wendet sich an Pinheiro: Nicht schlecht. Hast du viel gespielt in letzter Zeit?

Bin ein Naturtalent, das weißt du doch, zwinkert ihm der Brasilianer zu.

Schade, dass Matilda nicht dabei ist, sagt Krohn und lässt die anderen wissen, dass Pinheiros Frau eine hervorragende Golfspielerin ist. Lass sie schön grüßen von mir, und auch von Ingrid natürlich.

Der Brasilianer winkt ab, hat anscheinend kein Interesse daran, über die Ehefrauen zu reden.

Krohn stellt sich für seinen Abschlag auf. Der Ball fliegt los, bricht nach links weg und landet im Rough. Als Krohn ihn von dort schlagen will, verfehlt er den Ball: Einfach nicht mein Tag heute, ruft er aus. Am liebsten würde ich gleich ins Clubhaus abbiegen.

Die Idee stößt bei Pinheiro auf taube Ohren: Zuerst der Sport, dann das Vergnügen, mein Freund.

Als Krohn das vierte Loch beendet, liegt er schon zehn über Par, was auffällig schlecht ist für sein angebliches Handicap. Krohn findet, ein wenig über Geschäftliches zu reden, könnte eine willkommene Abwechslung sein: Herr Schirmer sagte, du hast ihm und seinem Team eine Abfuhr erteilt. Das ehrt mich, dass du nur mit mir verhandeln willst.

Wir kennen uns schon so lange, mein Freund. Ich weiß, dass ich dir vertrauen kann.

Schön, sagt Krohn, teet auf, macht drei Übungsschwünge und geht in Grundhaltung. Der Ball fliegt vielversprechend los, und als er in der Luft beginnt, rechts wegzuziehen, sagt er: Unser Cushion2050 ist wirklich einmalig. Ökologisch, weißt du, ein Produkt der Zukunft.

Pinheiro lacht auf: Konzentrier dich lieber auf dein Spiel, anstatt mir eine Werbesendung vorzugaukeln.

Ralfs Prämisse lautet nach wie vor: Jede Ablenkung von Krohns schlechtem Spiel ist willkommen. Den nächsten Fehlschlag nimmt er auf seine Kappe: Entschuldige, ich habe mich bewegt, das hat dich wahrscheinlich abgelenkt.

Krohn ist immer noch sauer auf Ralf, sein Vorhaben, Wilfing als schlechten Verlierer anzulegen, kommt ihm gelegen. Er schnauzt seinen Caddy an, rammt den Schläger ins Golfbag und stapft in Richtung Ball.

Pinheiro schüttelt all seine Bemühungen, über Geschäftliches zu sprechen, einfach ab. So kann er sich wenigstens auf sein Spiel und seine Wilfingigkeit konzentrieren. Aber irgendwann würden sie über den Deal sprechen müssen.

Ab dem achten Loch beginnt Ralf, die Schläge schönzureden: Hervorragend gespielt, das sind maximal hundert Meter zum Pin.

Am zehnten Loch landet Krohns Ball im Schilf am Rand des Teichs. Obwohl Pinheiro schwören könnte, ein Platschgeräusch gehört zu haben, findet Ralf den Ball einen halben Meter vor der Wasserstelle: Doch kein Strafschlag.

Der muss rausgesprungen sein, sagt Krohn.

Am dreizehnten Loch stellt sich Krohn neben Schirmer zur Abschlagtafel und tut so, als würde er allfällige Hindernisse vor dem Grün erkunden. Läuft ganz gut, sagt Schirmer. Pinheiro scheint keinerlei Verdacht zu schöpfen. Er kauft Ihnen den Wilfing ab.

Aber aufs Geschäftliche will er noch nicht einsteigen, gibt Krohn zu Bedenken.

Bleiben Sie dran. Ich habe das Gefühl, er genießt es, dass er Sie spielerisch in den Schatten stellen kann. Insofern ist es gar nicht schlecht, dass Sie nicht sehr gut spielen.

Und wie finden Sie meinen Wilfing? Ich habe die Rolle unauffällig angelegt. Eine Prise schlechter Sportsmann mit ein paar eingestreuten Schimpfwörtern.

Bleiben Sie sparsam, um nicht zur Karikatur zu werden, sagt Schirmer und blickt zu Ralf, der sich neben die beiden gestellt hat: Sie auch. Am Golfplatz gilt dasselbe wie in der Firma. Das Bild der Professionalität soll nicht durch überschießende Individualität gestört werden.

Go with the flow, sagt Ralf.

Professionell bleiben, sagt sich Krohn vor. Ich bin der CEO am Golfplatz.

Krohn geht zu Pinheiro und sagt: Du hast mir noch gar nicht gesagt, wie lange du in der Stadt bist.

Ich fliege übermorgen zurück, sagt Pinheiro.

Und hast du schon Pläne für morgen, wenn mein Assistent dir Karten für irgendetwas besorgen soll …

Während Pinheiro erzählt, dass er sich mit einem Landsmann zum Mittagessen trifft, geht Ralf zu Krohns Ball, holt mit dem Fuß aus und schießt ihn zu einer Position, die eine weitaus höhere Chance bietet, dass der nächste Schlag kein völliger Reinfall wird.

Aber heute habe ich ganz für dich reserviert, sagt Pinheiro. Im Anschluss will ich mit dir noch in dieses Restaurant in den Hügeln oberhalb der Stadt, wo wir letztes Mal waren. Heute nichts Geschäftliches mehr, mein Freund. Morgen, morgen können wir den Vertrag unterzeichnen. Alles wie vereinbart.

Du entscheidest, sagt Krohn und zwinkert.

Gut so, gut so, lacht Pinheiro.

Am Abschlag zum 17. Loch leistet sich Krohn einen Dackeltöter. Der Ball schießt flach über den Rasen, was Pinheiro zu einem Freudenschrei animiert. Er klopft Krohn auf die Schulter: Jetzt hast du langsam das gesamte Arsenal an missglückten Schlägen gezeigt. Respekt.

Mit einem finalen, moderaten Wutausbruch und dem Fazit *Nicht mein Tag* beendet Krohn das letzte Loch. Doch eigentlich ist er erleichtert. Man konnte ihm glauben, dass er ein mittelmäßiger Spieler ist, der einen äußerst schwarzen Tag erwischt hat. Mit seiner Performance kann er zufrieden sein.

20

Ihr habt lange nichts von mir gehört, meine Kleinen, tut mir leid. Ich bin schwer beschäftigt gewesen, hab euch nie gesagt, dass ich euren Vogelpapa jetzt auch in der Firma mime. Es geht um einen riesen Deal, so heißt's. Ein Brasilianer will bei SemTec in großem Maß einkaufen, damit würde sich die Firma den südamerikanischen Markt unter den Nagel reißen. Und ich habe dafür auf gut Freund machen müssen. Erst achtzehn Löcher am Golfplatz, hinterher noch der einfache Part. Er hat dann noch einen heben gehen wollen. Aber nicht im Clubhaus, wahrscheinlich wäre ihm das zu steif gewesen. Wir sind jedenfalls in ein ziemlich feines Restaurant außerhalb der Stadt. Ich denke, Pinheiro ist schon öfter mit mir dort gewesen. Na jedenfalls auf dem Weg dorthin sitze ich mit Ralf, der ungebeten beim Golfplatz aufgetaucht ist, im Auto. Und da hab ich ihm mal richtig meine Meinung gegeigt. Erst ist er auf Konter gegangen, dass er mir ja nur helfen wollte und so weiter. Als ich ihm das nicht abgekauft habe, ist er auf einmal völlig ausgerastet und hat geschrien: Was bleibt mir denn? Die Alten im Heim sind mir weggestorben, wenn ich mal von der Zeitung hochschaue. Die Frauen sind alle weg, schau mich mal an, hat er geschrien, da kommt keine mehr. Und was macht mein bester Freund? Minigolf ist ihm zu klein gedacht, weil er lieber als Businessman die Bälle übers Fairway jagt. Vor lauter Zorn hab ich ihm an den Kopf geworfen, dass mir die Minigolferei und das Biersaufen mit ihm längst schon am Arsch vorbeigehen. Entschuldigt die derben Ausdrücke, aber ich bin einfach ziemlich sauer gewesen. Sobald das Auto stehen geblieben ist, hat sich Ralf verdrückt, von dem werde ich so schnell nichts hören.

Ja, und dann Pinheiro. Kaum sitzen wir, bestellt er einen doppelten Marillenschnaps. Ich liebe euren Schnaps, hat er gesagt. Schirmer ist noch dabeigeblieben, hat sichergehen wollen, dass ich keinen Blödsinn treibe. Wegen der Narben auf meiner Hand haben er und die Personalerin ja Panik gehabt. Dass ich den Abend lang Handschuhe trage, ist mir aber unnatürlich vorgekommen. Ich habe Pinheiro also einfach die Hand vors Gesicht gehalten und gesagt, dass ich mich verbrannt habe, wann und wie, das hab ich nicht ausgeführt. Und wie reagiert der Brasilianer? Einmal das internationale Zeichen für Mitgefühl: laut Luft durch die Zähne, und dann: Tchim-tchim, wie's bei den Brasilianern heißt. Das war's. Schirmer hat sich beeilt, extralaut mitzuprosten. Und dann eine Runde nach der anderen, die haben dort einen großartigen trockenen Weißen gehabt, der hat's mir leicht gemacht mitzuhalten. Dafür bin ich den ganzen nächsten Tag mit so einem Schädel im Bett gelegen. Aber was ich erzählen wollte: Ich hab an dem Abend jedenfalls noch ein paar Anspielungen bezüglich unseres Deals gemacht, unterm Strich ist das ja der Grund für die ganze Posse gewesen, und irgendwann sagt er: Weißt du was, gib her den Vertrag, dann unterzeichnen wir beide das bei einem Gläschen. Da ist Schirmer aufgewacht, sag ich euch! Hat seinen Assistenten angerufen, weil zum Golfspielen und Trinken hat er die Papiere dann doch nicht mitgeschleppt. Und keine halbe Stunde später ist der Vertrag da und Pinheiro setzt seinen Sanktus drunter. Einfach so. Einfach so hab ich mit ein wenig Golfspiel und Schnapstrinken zweihundert Arbeitsplätze gerettet oder neu geschaffen oder was auch immer. Ich sag euch, das fühlt sich fantastisch an, ich meine, wann …

Hier bist du, ich habe dich gesucht, sagt Ingrid Wilfing und betritt das Zimmer. Sie stellt sich neben ihn, sieht erst die Vögel an, dann ihn: Du siehst mitgenommen aus.

Sie überlegt kurz und sagt: Lass uns mal wieder ins Serenità fahren, dort hast du dich immer so gut erholt.

Krohn gibt ein nachdenkliches Geräusch von sich. Er wüsste nicht, worum es sich bei Serenità handeln könnte.

Weißt du was, ich buche uns eine Woche. Sie hat ihr Smartphone schon in der Hand und wählt eine Nummer. Es ist an der Zeit, dass wir wieder mal rauskommen.

Ich weiß nicht …

Hallo, spreche ich mit Pjotr von Wunsch und Begehr? Organisieren Sie für mich und meinen Mann einen Aufenthalt in diesem Wellness-Resort La Serenità, nächste Woche. Oder schauen Sie sich vorher um, ob es neue Wellness-Optionen in dieser Qualität gibt, dann lassen Sie es mich wissen, ja?

Als Krohn von der Witwe nach Hause kommt, ist Martha nicht da. Er hat keine Ahnung, wo sie ist, sie hat auch keine Nachricht hinterlassen. Er steht im Wohnzimmer und weiß nicht, was er tun soll. Sein Blick fällt auf den Stoß mit den *Storm-* und *Roter-Korsar*-Ausgaben, aber er hat sie schon zigmal durchgeblättert. Als Arno Wilfing wüsste er, was zu tun ist. Er würde in die Firma fahren, arbeiten. Ja, er könnte Mayer anrufen, dass er ihn abholt. Könnte durch die Firma wandeln und Mitarbeiter ansprechen. Irgendwie findet er inzwischen Gefallen an diesen steifen Konversationen. Und überhaupt, was ist mit Pinheiro? Warum hat sich der Brasilianer nicht mehr gemeldet?

Er könnte eine Runde auf den Golfplatz gehen, eine Abschiedsrunde. Soll er Schirmer fragen, ob er eine Runde mit ihm drehen will?

Endlich setzt er sich in Bewegung, geht ins Badezimmer, öffnet den Spiegelschrank und nimmt die Pinzette in die Hand. In seiner Nasenhöhle entdeckt er ein paar Härchen.

21

Am nächsten Morgen bestätigt ihm die Personalerin telefonisch, dass Ingrid Wilfing mit ihm in Urlaub fahren möchte, eine Woche im exklusiven Wellness-Resort.

Ihrer Stimme mischt sich die Aufgekratztheit einer Werbesprecherin bei: in einem der besten Ferienhotels Europas, Guide Michelin und Gault&Millau, in Bioqualität keine Frage, Klavierabende am offenen Kamin, Gala-Dinners, Kahnfahrten auf dem Fluss inklusive Mezzosopranistin.

Gut und schön, vor allen Luxus platziert sich aber prominent die Tatsache weiterer Saunagänge mit der Wilfing-Witwe. Krohn versucht es diplomatisch auszudrücken: Entschuldigen Sie, mir ist das zu intim.

Das Beste kommt zum Schluss, sagt die Personalerin. Für Normalsterbliche sei so ein Aufenthalt unbezahlbar, für ihn bedeute die Wellness-Woche dagegen keinerlei Ausgaben, sondern kumulierte Dienststunden.

Können Sie Frau Wilfing mitteilen, dass ich nur unter Zusage getrennter Saunen mitfahre? Und getrennter Schlafzimmer, schiebt er eilig hinterher.

Die Personalerin überlegt, sagt schließlich: Ich werde sehen, was ich tun kann.

Was heißt *sehen*?

Sie wissen ja, Frau Wilfing weiß durchaus, ihren Kopf durchzusetzen.

Wem erzählen Sie das.

Krohn steht auf und beginnt, in Kreisen durchs Büro zu gehen.

Ich werde Ihren Standpunkt einbringen. Darf ich also mit einer Zusage rechnen?

Ich möchte erst die Zusage, dass ich nicht eine Woche das Bett mit ihr teilen muss.

Ein Klicken, die Stimme der PD ist zu hören: Herr Krohn, ich denke, es ist wichtig, dass Sie mit Frau Wilfing ins La Serenità fahren, und ich befürchte, Sie dürfen nicht zu viele Ansprüche stellen. Sie kennen die Persönlichkeitsstruktur von Frau Wilfing.

Krohn überlegt, wie ihre Reaktion auf ein Nein aussehen würde. Sie würde es nicht akzeptieren, aber was könnte sie tun?

Ich fürchte, Frau Wilfing würde das Dienstverhältnis beenden, vervollständigt die PD Krohns Gedankengang.

Das würde sie vermutlich. Vor Krohn baut sich in aller Deutlichkeit die Alternative zu Arno Wilfing auf: Nichts. Keine Einnahmen. Keine andere Arbeit. Neben Wilfing gibt es nichts mehr für ihn.

Ich persönlich fände das sehr schade, sagt die PD. Nach der vielen Arbeit, die wir in Ihre Wilfingigkeit gesteckt haben.

So kurz vorm Ende aufgeben? Krohn bleibt stehen. Warum Ende? Er beginnt, seinen Kreisgang in die Gegenrichtung fortzusetzen.

Die Personalerin meldet sich zu Wort: Ich bin gerade auf der Homepage des Resorts, Herr Krohn. Ich schicke Ihnen den Link, wenn Sie das gesehen haben, hält Sie nichts mehr. Habe ich erwähnt, dass Sie einen Concierge haben, der nur für Ihre Suite zuständig ist? Und es gibt eine Cocktailbar, die rund um die Uhr geöffnet hat.

Eine ganze Woche, denkt Krohn, da kommen eine Menge Dienststunden zusammen. Und er kann trinken, rund um die Uhr, in welchem Beruf ist das schon möglich? Und wann war Krohn zum letzten Mal auf Urlaub?

22

Du hast da einen blauen Fleck.

Ich weiß, sagt Martha und tippt weiter. Er sieht, dass ihr Mailprogramm geöffnet ist.

Hast du dich irgendwo angestoßen?

Martha greift in Richtung Hämatom an ihrem Unterarm, tippt aber gleich wieder weiter: Keine Ahnung, war auf einmal da.

Krohn fällt ein, dass sie sich für den indischen Tanzkurs anmelden wollte, seither hatten sie aber nicht mehr darüber gesprochen. Vermutlich hat sie eingesehen, dass es noch zu anstrengend für sie ist.

Hat dein Arzt das schon gesehen? Was sagt er dazu?

Sie sagt nichts.

Wie geht es dir?

Gut, sagt sie und klingt überzeugend.

Krohn öffnet den Kühlschrank, sieht sich darin um, macht ihn wieder zu. Der Wasserfleck an der Decke sieht heute aus, als hätte man einen riesigen Teebeutel gegen die Wand geklatscht. Krohn stellt sich neben den Tisch und schaut seine Frau an.

Ich sehe dich fast nie, sagt er. Du hast so viele Termine.

Ist das nicht gut?, fragt Martha. Ich nutze die Zeit. Darauf habe ich früher etwas vergessen, weißt du.

Krohn geht ins Wohnzimmer, um zu lüften. Am Flatscreen im Haus gegenüber wird wieder durch dunkle

Korridore gegangen. Es ist irgendwie beruhigend, ab und zu dem alltäglichen Leben dort drüben zuzusehen. Geht es nach Krohn, soll der Spieler in einem endlos großen Labyrinth verloren sein. Hinter sich hört er, wie der Laptop zugeklappt wird. Es klingt, als würde eine Stoppuhr gedrückt. Krohn fragt sich, welche Zeit Martha mit früher meinte: die vor der Krankheit oder die während der Krankheit. Als sie in Therapie war, konnte sie natürlich nicht viel machen. Die Tage mit zweimal umschlungener Weste.

Ich sage, du hast so viele Termine, sagt er, laut genug, damit sie es in der Küchennische hört: Dabei bin ich es, der dauernd bei SemTec oder der Witwe ist.

Das stimmt, sagt sie und kommt ins Wohnzimmer. Übernimmst du dich auch nicht? Mir kommt vor, es werden immer mehr Stunden.

Geht nicht anders, sagt Krohn.

Martha sieht ihn an, ihr Blick möchte herausfinden, was er sagen will.

Die Witwe will Urlaub machen, beginnt er. Sagt, dass er sich zuerst gesträubt habe, aber es schlagende Argumente gebe, die Stunden, die er schreiben könne, die Zuschläge, die freien Tage, die er danach hätte. Ja, vielleicht könnten sie beide danach auch irgendwo hinfahren?

Er weicht ihrem Blick aus, als hätte er sich zu rechtfertigen. Dabei spricht vieles dafür, ein paar Tage ins Nobel-Spa zu fahren. Martha hört sich alles an und fragt ihn, ob er sie etwa um Erlaubnis bitte.

Nein, sagt Krohn, aber eigentlich: Ein wenig schon. Ich bin eine Woche weg, vielleicht brauchst du mich.

Martha streicht ihm über die Wange: Anton, ich komme allein zurecht.

Sie geht zum Sofa und legt sich hin, nimmt den Lebensratgeber, der aufgeklappt auf der Rückenlehne liegt. Bevor sie zu lesen beginnt, sagt sie noch: Du solltest besser überlegen, ob *du* auf Arbeitsurlaub fahren willst.

Ob er auf Urlaub fahren will? Krohn glaubt nicht, dass das die entscheidende Frage ist.

Ich weiß nur, dass es keine Alternative gibt, sagt er.

Es ist nur Arbeit, nicht dein Leben, hört er Martha sagen, aber Krohn weiß, dass es manchmal keine Alternativen gibt. Er kann nicht dorthin zurück, wo er bis vor wenigen Wochen festgesteckt ist.

Er setzt sich in den Lesessel, schließt die Augen und versucht, an nichts zu denken.

23

Das Telefon läutet. Nicht das auf dem Schreibtisch, sondern das private, in Krohns Sakkotasche. Er hat vergessen, es auszuschalten. Es ist Stella. Sie sagt, sie habe angeläutet, aber niemand sei zu Hause gewesen. Krohn antwortet, dass er in der Arbeit sei. Wo Martha ist, wisse er nicht.

Was gibt es denn? Er hört, wie seine Tochter die Nase hochzieht.

Die Hundehochzeit wurde abgesagt.

Serge und Fay haben sich mit den Besitzern des Beagles zerstritten.

Mach dir nichts draus, versucht Krohn sie zu trösten. Als Stella klein war, hatte er sie mit absurden Behauptungen zum Lachen gebracht. Was ist zwei plus zwei?, fragte ihn die Volksschülerin und er verdrehte die Augen und rechnete verbissen, bis er zu einem Ergebnis kam: Fünf!, rief er freudestrahlend. Monatelang behauptete er, Frankfurt sei die Hauptstadt von Frankreich – ist doch logisch! Felsenfest überzeugt war er davon, dass Zuckerwatte aus den Staubknäueln bestand, die erst unter Sofas und Betten hervorgefischt und dann mit Zucker bestreut wurden – woraus denn sonst?

Mach dir nichts draus, sagt Krohn noch einmal, du und deine Hunde, ihr fallt immer auf die Füße.

Stella erkennt die Anspielung auf frühere Gespinste nicht, vielmehr hört Krohn ein verärgertes Schnauben, dann: Das sind Katzen, Papa. Ich und meine Hunde, wir haben einen Bauchfleck hingelegt.

Krohn steht auf und geht um den Schreibtisch herum, blickt dabei auf seine Schuhe.

Du findest sicher was Neues. Es findet sich immer etwas.

Einen Moment lang ist Schweigen in der Leitung. Krohn bleibt stehen, wartet, was als Nächstes kommt.

Wie geht's Mama?, will Stella wissen.

Besser. Sie sieht schon viel besser aus, sagt Krohn.

Ja?

Sie unternimmt viel.

Was denn?, fragt Stella überrascht. Krohn fragt sich das auch, wiederholt aber nur Marthas Auskunft: Sie nutzt die Zeit.

Mh.

Krohn räuspert sich, geht zurück zu seinem Schreibtischsessel. Lass uns ein anderes Mal reden, ich muss zu einem wichtigen Gespräch.

Krohn nimmt den Aufzug in den dritten Stock. Hier sieht es aus wie in seiner Etage, er orientiert sich entlang der Türnummern. Er erreicht die Abteilung der Music-Taskforce und klopft an. Er wartet auf ein Herein, vergeblich. Vorsichtig drückt er die Klinke. Im Raum befindet sich ein Schreibtisch, der neu und unbenutzt aussieht. Eine Zierpflanze steht darauf, die Mayers Handschrift trägt. Auf seinem Tisch steht die gleiche. Krohn öffnet die Tür ein Stück weiter und sieht Julius mit Kopfhörern in einem Lehnsessel sitzen. Er nickt so stark mit dem Rhythmus, dass der Sessel schaukelt. Auf dem Schoß hat er einen Laptop, in den er etwas tippt. Einen Augenblick lang überkommen Krohn väterliche Gefühle.

Er betritt den Raum und sagt hallo. Doch Julius bemerkt ihn erst, als Krohn direkt vor ihm steht.

Moment, sagt er und dreht die Lautstärke herunter, lässt den Hörer aber auf dem Kopf.

Ich wollte kurz mit dir reden, beginnt Krohn.

Julius nickt: Schieß los.

Hast du vielleicht etwas von Pinheiro gehört?

Julius schüttelt den Kopf: Keine Ahnung.

Na ich hoffe, die Belegschaft hat mitbekommen, dass der Deal unter Dach und Fach ist. Hat Schirmer wenigstens eine Runde ausgegeben?

Julius sieht ihn ratlos an.

Hab ich mir gedacht. Na jedenfalls, der Brasilianer scheint vom Erdboden verschluckt. Hab nichts mehr von ihm gehört.

Aber das soll nicht länger Krohns Problem sein: Eigentlich bin ich wegen etwas anderem hier. Deine Mutter hat vorgeschlagen … Ich fahre mit deiner Mutter ein paar Tage weg. Sie will mit mir in ein Wellness-Resort, in dem sie offenbar mit deinem Vater öfter war. Ich hoffe, du findest das nicht unangemessen.

Julius blickt ihn verständnislos an, sagt ein weiteres Mal: Moment.

Sein Blick wird bohrend: Du weißt schon, dass ich nicht wirklich Julius bin, oder?

Die Befürchtung einer multiplen Persönlichkeitsstörung ist wieder auferstanden. Der Wilfing-Junge hat definitiv ein größeres Problem.

Das hat dir keiner gesagt?, lacht er, der nicht Julius zu sein glaubt.

Er setzt die Kopfhörer ab und blickt sich um, ob auch

niemand sonst anwesend ist, lehnt sich nach vorn und flüstert verschwörerisch: Wir sind Kollegen.

Julius sieht Krohn an, als wäre er ein Kind, dem man soeben die ganze Wahrheit über das Christkind verraten hat. Er lässt ihm Zeit, die Unermesslichkeit der neuen Information aufzunehmen.

Ich verstehe nicht, sagt Krohn, obwohl die Erkenntnis leise anklopft.

Ich arbeite auch für Eternal Partners, sagt Julius.

Ich dachte die ganze Zeit, du weißt Bescheid, lacht er. Ich habe dir doch dauernd vorgeschwärmt, wie beeindruckend und inspirierend ich deine Performance finde. Aber wie fies von denen, dass sie dir nichts gesagt haben.

Und wo ist der echte Julius?

Offiziell ist er abgängig. Wenn du mich fragst, ist das das ausgegebene Wording von Mama Wilfing. Sie will eben nicht wahrhaben, dass ihr kleiner Engel …

Statt den Satz zu beenden, steckt er Zeige- und Mittelfinger in die Armbeuge und mimt Entrückung.

Ich dachte, du weißt Bescheid und spielst einfach mit. Und ich war noch schwer beeindruckt, dass du sogar unter vier Augen in der Rolle geblieben bist, kichert Julius.

Kurze Zeit später reißt Krohn die Tür zu Schirmers Büro auf. Schirmer zeigt sich überrascht, findet aber schnell seine Contenance.

Ja? Bitte?, fragt er mit geheucheltem Interesse.

Was soll das Ganze?, fährt Krohn ihn an.

Sie müssen sich schon etwas genauer ausdrücken. Das ganze was?

Julius.

Ihr Sohn.

Lassen Sie das, Schirmer. Er hat mir gerade gesagt, dass er auch für Eternal Partners arbeitet.

Verstehe. Und jetzt sind Sie wütend.

Krohn ist kurz davor, ihm an die Gurgel zu gehen. Aber nein, auch er versteht es, Haltung zu bewahren. Das konnte er schon, bevor er in der Benimmschule saß. So ruhig er kann, formuliert er den nächsten Satz: Was soll das ganze Theater? Wie weit geht das alles?

Wieso fragen Sie mich das? Das sollten Sie lieber Frau Wilfing fragen.

Also ist das Ganze ihre Idee?

Mein Lieber, spielen wir nicht alle eine Rolle? Ich zum Beispiel mime den weltgewandten, junggebliebenen Geschäftsmann. Warum? Weil es von mir verlangt wird. Wer ich bin, woher ich komme, wie ich wirklich bin – das interessiert doch niemanden. Sie sollten froh sein, Sie dürfen spielen. Ich beneide Sie richtiggehend um diese Ausbildung, die Sie genießen durften. Dort konnten Sie sich ausprobieren, wie ein Kind, das sich ein Kostüm überzieht. Und dann haben Sie einen Auftrag bekommen, für den Sie auch noch bezahlt wurden. Richtige Arbeit. Das ist doch großartig.

Schirmer steht auf und geht zu einem Regal, auf dem die aktuellen Verpackungsmodelle der Firma aufgereiht sind. Er nimmt eines in die Hand, den Bestseller. Das SemTec-Cushion2050. Der intelligente, kompostierbare Schaumpolster, der die Firma hierzulande zum Marktführer gemacht hat und bald auch den lateinamerikanischen Markt erobern soll.

Den Schaumpolster in der Hand, fragt Schirmer: Haben

Sie sich denn jemals gefragt, woher der Firmenname SemTec eigentlich kommt?

Krohn kennt inzwischen die meisten Produktnamen, hat auch einige hinterfragt, zum Beispiel die Bedeutung der nachstehenden Zahlen. Den Firmennamen hat er dagegen stets als gegeben hingenommen.

Nein, keine Ahnung.

Schirmer lacht: Bei Ihrer Unbedarftheit verwundert mich das nicht, muss ich gestehen.

Er gibt den Schaumpolster an seinen Platz zurück und baut sich vor Krohn auf: Das Sem- kommt vom Namen des Gründers. Semper. Lassen Sie mich raten. In Ihrem Ordner über Wilfing gab es keine Auflistung der Anteilseigner und Sie wissen auch nicht, wer die Hauptaktionärin der Firma ist.

Schirmer legt den Zeigefinger auf die Lippen und grinst: Aber jetzt raten Sie mal … was glauben Sie, wie Ingrid Wilfing vor ihrer Heirat geheißen hat. Ein kleiner Tipp: Der Name beginnt mit Sem.

Krohn ist dabei, das Büro zu verlassen, als Schirmer ihm nachschickt: Und richten Sie Ihrem brasilianischen Freund schöne Grüße aus, wenn Sie ihn treffen. Das haben Sie großartig hingekriegt, in so kurzer Zeit zum passablen Golfpartner zu werden, wirklich beeindruckend.

Krohn hat keine Lust, sich auf Schirmers Provokationen einzulassen. Er muss die Witwe zur Rede stellen. Die Semper-Familie, Großunternehmer, steinreich. Ingrid Semper, das hätte er selbst rausfinden können. War er nichts weiter als das Pony, das sich das verwöhnte Semper-Gör zum Geburtstag gewünscht hat? Soll heißen: zum Todestag ihres Mannes.

24

Mayer erkennt den Ernst der Lage, keine Zeit für Kugel-
schreiber-Klicken, er holt den Autoschlüssel aus der Schublade, als er von Krohn den Auftrag erhält, ihn umgehend
in die Villa zu fahren. Ohne ein weiteres Wort stehen sie
im Aufzug ins Tiefparterre, erst als sie im Mercedes sitzen,
Krohn auf dem Rücksitz, Mayer hinter dem Lenkrad, und
noch bevor die Türen zugeschlagen sind, sagt Krohn: Machen Sie schnell.

Sie fahren die Rampe hoch und reihen sich in zäh flie-
ßenden Verkehr ein, wechseln vom rechten auf den mitt-
leren und endlich auf den linken Fahrstreifen. Krohn wird
schlecht, er sagt sich: von der Geruchsmischung aus Leder
und Kunststoff. Er versucht, das Fenster einen Spalt zu öff-
nen, drückt mehrmals den Knopf, aber nichts passiert. Ich
brauche Luft, sagt er, und schon schiebt sich die Scheibe
nach unten.

Während sie sich dem Villenviertel nähern, stellt Krohn
sich vor, wie er das Haus im Sturm nimmt. Sie biegen in
die Straße ein, in der die Wilfing-Villa steht, und er sieht
zum wiederholten Mal das Bild vor sich, wie er um eine zu-
sammengesunkene Ingrid Wilfing fegt, die die Hände um
Vergebung in die Höhe reckt.

Das Auto bleibt vor der Betonwand stehen, Krohn springt
hinaus und ist schon am Eingang, hier kann ich rein, hier
will ich rein. Er sperrt auf, die Metalltür fährt zur Seite, er

hilft mit beiden Händen nach. Die schmale Stiege hoch, drei Stufen auf einmal, die vom Training geschundenen Oberschenkel haben jetzt Sendepause, der Kies kracht unter den Sohlen und schon steht er in der Tür, atmet durch und nimmt sich vor, ruhig aufzutreten.

Die Witwe sitzt am Esstisch, vor sich eine Schale mit Obstsalat. Schiebt ein Bananenstück in den Mund und sieht Krohn interessiert an, der weiterhin versucht, seine Atmung zu beruhigen. Während er sich bemüht, einen kühlen Kopf zu bekommen, ist da mit einem Mal der Zweifel, ob sie das Obst selbst geschält hat. Book-an-Obstschäler, sollte er sich trademarken lassen.

Die gute Schule verhindert Gegenrede mit vollem Mund, also sagt Krohn: Pinheiro.

Die Witwe kaut.

Der Brasilianer, war das auch ein Darsteller?

Ingrid Wilfing schluckt, spießt mit der Dessertgabel ein Kiwistück auf, das sie sich in den Mund steckt, und lächelt dabei.

Wozu das alles?

Ich möchte einen erfolgreichen Mann im Hause haben. Nicht jemanden, der seine gesamte Zeit damit zubringt, mit Vögeln zu reden und dann und wann den Käfig hochzuhalten.

Aber der ganze Aufwand …

Für mich bedeutet das doch keinen Aufwand. Eternal Partners erledigt alles. Und ich kann es mir leisten.

Trotzdem verstehe ich nicht, was die ganze Sache mit dem Brasilianer zu bedeuten hat.

Die Witwe seufzt, steht auf und trägt die halb volle Obstschale zur Kücheninsel, stellt sie ins Spülbecken.

Der Brasilianer war anfänglich dazu da, um dich in die Arbeit zurückzuschicken, weg vom Käfig, erklärt sie, während sie durchs Fenster den Garten begutachtet. Aber in der Firma hast du dich so lächerlich aufgeführt, dass Schirmer mich gebeten hat, etwas zu unternehmen. Ich hatte die Idee, dass du mit ihnen Golf spielst.

Sie dreht sich zu ihm um: Ich brauche einen Golfpartner, weißt du. Mit dem nötigen Zeitdruck hast du schnell genug gelernt, um mit mir eine Runde auf den Fairways zu drehen. Keine Sorge, Arno war ein miserabler Spieler. Ehrgeizig, aber miserabel. 28er-Handicap, da bist du auch bald. Wir werden im Serenità ein wenig daran arbeiten.

Krohn will sie zu Julius befragen, aber er kennt die Antworten. Ingrid Wilfing lässt nicht zu, dass ihre Familie durch etwas so Triviales wie den Tod belästigt wird. Sie hat die Kontrolle über die Familie. Eine Mutter soll die Fäden in der Hand halten, waren ihre Worte. Und sie nutzt die Möglichkeit, Schwachstellen auszumerzen. Der neue Julius schafft es, einem Beruf nachzugehen, ein schlechter Golfspieler verbessert sich durch ihr Eingreifen, ein toter Ehemann wird lebendig.

Aber wie wäre es, wenn Krohn sie den aufbrausenden Arno aus dem Wilfing-Ordner schmecken lässt: Hochgradig lächerlich ist diese ganze Sache!, brüllt er. Weil dir einfällt, du brauchst einen Golfpartner, muss ich auf die Schnelle so lange Abschläge üben, bis ich mich nicht mehr rühren kann? Und die ganzen anderen, was hast du dir gedacht? Dass wir alle deine Puppen sind? Dein Spielzeug?

Ingrid Wilfing sperrt ihren Mund auf und ruft dann amüsiert: Oh, wunderbar. Du hast den Arno wirklich verinnerlicht.

Sie setzt sich wieder an ihren Platz: Aber was nicht in deinem Ordner steht – Arno war ein Schoßhündchen, das gern laut kläffte. Er war mein Spielzeug. Vor anderen hat er sich wichtig gemacht, auch er war ein guter Performer, weißt du. Aber er wusste, wie es mit seiner Karriere ohne mich ausgesehen hätte.

Sie fährt ihren Daumen aus und dreht ihn langsam, mit gespielt mitleidiger Miene, nach unten.

Bei mir hat deine Zorniger-Arno-Impression keine Wirkung. Höchstens, dass ich dich hinterm Ohr kraule.

Sie blickt auf ihre Armbanduhr: Du hast dich mächtig ins Zeug gelegt und mich königlich unterhalten. Ich hatte durchaus meinen Spaß. Wir beide hatten unseren Spaß, nicht wahr?

Die Witwe blickt ihn erwartungsvoll an. Denkt sie allen Ernstes, er hatte Vergnügen an dieser Scharade? Nachdem er ihr eine Antwort verweigert, fährt sie fort: Letztlich habe ich für dich eine willkommene Ablenkung organisiert. Du wirst es kaum glauben, aber ich habe mir deine Akte auch angesehen, ich weiß, was los ist. Unterm Strich könnte man mich als Wohltäterin bezeichnen.

Sie steht auf und geht an Krohn vorbei zur Garderobe, sieht sich im Spiegel an: Eine kleine Charity-Aktion, sagt sie schmunzelnd. Ich muss jetzt los. Für heute Abend habe ich einen karibischen Koch gemietet, also sei bitte pünktlich um 19 Uhr zu Hause, ja?

III

Er sitzt an seinem Schreibtisch, Zeige- und Mittelfinger tasten über die Nase. Das Smartphone vibriert und gibt einen Ton von sich, Ingrid erinnert ihn, dass sie morgen ins La Serenità fahren und er nichts weiter vorzubereiten habe – sie habe ein paar Anzüge für die Abende rausgelegt, tagsüber seien sie ohnehin im Bademantel, und sie freue sich auf ein paar erholsame Tage. Er steckt das Telefon zurück in die Sakkotasche und denkt daran, wie weit er gekommen ist. Er hat eine bessere Version von Arno Wilfing erschaffen, er hat ihn perfektioniert. Aber gleich muss er relativieren, Perfektion ist ein zu großes Wort. So weit ist er nicht, noch nicht. Er hat einen Arno geschaffen, der ein Agile Mindset unter Beweis stellt. Einen Agile Arno.

Die Zeit der Interimsnase ist vorbei. Wenn er ehrlich ist, hing er nie an seiner ursprünglichen Nase, er empfand sie als nicht besonders wohlgeformt. Etwas knollig, hat ihm jemand vor langer Zeit gesagt, er kann sich nicht erinnern, wer.

Mit neuem Riechorgan stößt er dank Konvergenz-Zulage in Gehaltsdimensionen vor, die ihm bislang unbekannt waren. Der für die Adaption zuständige Rashid war vom Ergebnis entzückt: Perfekt, ich würde Sie fast als mein Meisterstück bezeichnen. Auch er musste relativieren. Mit dem Zeigefinger das Gesicht umkreisend, sagte er: Mein Meisterstück bin ich schon selbst. Daraufhin stieß er ein keckerndes Lachen aus, während seine Augenbrauen an Ort und Stelle verharrten.

Mayer reißt ihn aus seinen Gedanken: Es tut mir leid, Herr Krohn.

Er blickt irritiert auf: Krohn?

Mayer greift an die Brille: An der Rezeption hat sich ein Hiobs-Bote gemeldet, der eine Nachricht für Sie hat. Er ist auf dem Weg nach oben.

Warten Sie bitte mit mir, bis er hier ist, Mayer.

Krohns Geist ist leer, sein Blick auf das Porträt Marthas gerichtet. Da kommt eine Erinnerung, ein Satz, den er kürzlich gehört hat: *Zeit ist das teuerste Gut*, und noch eine Erinnerung: die zwei Vögel, Orfeo und Euridice, die ihm auf ihrer jeweiligen Seite der Trennwand zuhören. Dann steht endlich der Mann in cyanfarbener Uniform in seinem Büro. Und mit hochprofessionellem Ausdruck der Empathie in Mimik, Gestik und Stimmlage sagt er ihm das, was er, hätte er genauer hingesehen, die längste Zeit erwartet hätte.

FOTO: markuszahradnik.com

Florian Gantner,
geboren 1980 im Salzburger Land, veröffentlichte bislang
fünf Romane. Er erhielt zahlreiche Auszeichnungen, zuletzt
das Heinrich-Heine-Stipendiat der Stadt Lüneburg. Seit
2019 ist er Intendant des Festivals »Literatur findet Land«.
Er lebt und arbeitet in Wien.

www.septime-verlag.at